徳間文庫

スクランブル
尖閣の守護天使

夏見正隆

徳間書店

目次

登場人物

風谷《かぜたに》修《おさむ》——航空自衛隊・第三〇七飛行隊所属　F15パイロット　二十六歳

鏡《かがみ》黒羽《くろは》——同・F15パイロット　二十五歳

火浦《ひうら》暁一郎《きょういちろう》——第三〇七飛行隊　隊長

月刀《がとう》慧《けい》——同じく第三〇七飛行隊　飛行班長

日比野《ひびの》克明《かつあき》——第六航空団　防衛部長

葵《あおい》一彦《かずひこ》——航空総隊・中央指揮所　先任指令官

敷石《しきいし》巌《いわお》——同・総隊司令官

夏威《なつい》総一郎《そういちろう》——外務省アジア大洋州局　課長補佐　月刀の同級生

半沢《はんざわ》喜一郎《きいちろう》——同・アジア大洋州局　局長

折伏《おれふし》さなえ——外務大臣　主権在民党参議院議員　三十五歳

水鳥《みずとり》あかね——主権在民党参議院議員　新人　二十七歳

蛇川《じゃがわ》十郎《じゅうろう》——主権在民党　政調会長

丸肌《まるはだ》岩男《いわお》——防衛副大臣

秋月《あきづき》玲於奈《れおな》——女優　二十五歳

プロローグ

沖縄県　那覇基地（那覇空港）

ベルが鳴った。

（――！）

風谷《かぜたに》修《おさむ》は、仰向《あおむ》けになっていたスタンバイ・ルームの革張りリラックス・チェア（仰向けになっていても、リラックスなんて出来はしない）から跳ね起きると、壁の〈情況表示灯〉を仰いだ。

ジリリリリッ

（――何だ……!?）

〈SC〉

赤い。

まさか……!?

緑の〈STBY〉でも、黄色の〈BST〉でもない。表示灯の色は、赤の〈SC〉——

一瞬目を疑うが、訓練された身体《からだ》は反射的にチェアを蹴《け》り、駆け出していた。

「——くそっ」

身体の反応に引っ張られた。

走った。

ベルが耳を打つ。

さらに走った。

『スクランブル』

天井の拡声器が、ベルの響きに負けない音量で知らせる。

『ゼロワン・スクランブル!』

ホットだって——まさか……!?

髪の毛の下に、チリッと刺激が走る。

(——いったい、何が起きた)

二十六歳の風谷は、顔面で空気を切るように、スタンバイ・ルームの両開きの出口ドアへ駆けた。駆けながら天井近くの表示灯をもう一度見やる。

〈SC〉

見間違いじゃ、ない……。

何てことだ、予告なしのSC——ホット・スクランブル……!? そう意識すると同時に飛行服の右肩が格納庫へのドアにぶつかり、外側へ押し開いた。

ジリリリリリッ

スタンバイ・ルームの出口扉は、パイロットが体当たりして開けても怪我《けが》をせぬよう、黒いゴムの内張りがしてあった。うわぁんっ、と反響に包まれたカマボコ型の空間に出る。ベルの音と、大勢の人間が一斉に動き出す響き。それらが混ざり、体育館ほどもある耐爆シェルター内部を満たす。その中を風谷は走る。空気を切る身体が目指すのは、シェルター中央に鎮座する淡い青灰色の流線型だ。

長く伸びたくちばしを、開きつつある格納庫の出口へ向けている。前部胴体に日の丸。特徴ある斜めに切った形のエア・インテーク（空気取入れ口）、高翼・双尾翼——F15Jイーグルだ。機首ナンバー933。今日の風谷の乗機だ。

機体の腹の下を整備員が駆け回り、AAM3（熱線追尾式空対空ミサイル）の細長い弾体から赤い布付き安全ピンを抜き取って行く。全力疾走の視野に、揺れながら搭乗梯子《はしご》が迫って来る。

「はっ」

ぶつかるように飛びつき、昇る。くちばし――機首の上のコクピットは、三メートルの高さだ。オリーブグリーンの飛行服の上にGスーツを装着した身体は、重い。

「はっ、はっ」

昇りながらエア・インテークの前方に人員と障害物がないことを視野の端でチェック、同時に風谷の身体は梯子を昇り切る。

戦闘機イーグルの、機体全体の姿がこの高さで初めて見渡せる。機体上面を一瞥《いちべつ》したのは、異状がないか確かめるパイロットの本能だ。

「くっ」

最上段を蹴るように、コクピットの射出座席へどさりと跳び込んだ。同時に右手で計器パネル右下のジェットフューエル・スターターのハンドルを引く。

クィイイイ――

F15Jの内蔵電源が、操縦席に納まった背中のどこかでエンジン始動用スターター・モーターを回転させ始める。必要トルクに達するまでは数秒かかる。

風防にかけて置いてあった艶《つや》消しグレーのヘルメットを掴《つか》み、被《かぶ》った。酸素マスクを顔に装着。同時に、風谷に続いて梯子を昇って来た整備員がコクピット外側から手を出し、座席のショルダー・ハーネスを締めるのを手伝い、Ｇスーツのホースを機体の高圧空気系統のコネクタへ接続する。風谷がホースを自分でも引いて接続を確かめ、親指で『ＯＫだ』と合図すると、うなずいて降りて行く。

この日。

予告なしの〈ＳＣ〉――ホット・スクランブルが下令されたのは、風谷修が『デイ１《ワン》』と呼ばれる時間帯のアラート待機についてから、三時間あまり経過した時点だった。

酸素マスクを顔に着けると、吸う度にレギュレータ（供給装置）の音がシュッ、シュッと自分でもうるさいが仕方ない。走ったせいか。呼吸が速い。コクピットの左横でガタッ、と搭乗梯子が外される。それを目の端で見つつ風谷の手は動く。

エンジン始動前手順。身体が覚えている。左手で箱のような左右一体型のスロットル・レバーがアイドル位置にあることを叩《たた》くようにして確認、その前方の燃料コントロール・スイッチがＯＦＦ、敵味方識別装置《ＩＦＦ》がＯＦＦ、緊急用Ｖｍａｘスイッチ、ＶＨＦ航法装置の各スイッチが全てＯＦＦ（電力を食う装備は、エンジン始動前にいったん全てＯＦＦ）であることを確認。続いて右手の指で中央計器パネルのマスター・アームスイッチがＯＦＦであること、緊急用制動フック・レバーが〈上げ〉位置、着陸脚《ギア》レバーが〈下げ〉位置にあることを、次々に触って確認。右側のサイドパネルへ移り、酸素マスクのコントロール・レバーが一〇〇パーセント位置、防氷装置がＯＦＦ、ＩＮＳ慣性航法装置が自立準備《アライン》モードになっていることを確認し、アラート・ハンガーの地図上の位置を緯度・経度の数字で入力する。これら一連の始動前手順を行なうのに、風谷は二十秒あればよかった。

クィイイイイッ

スターターの回転が上がり、必要トルクが得られ、緑ランプが点灯した。すかさずファイア・ウォーニング・テスト。赤い警告灯が一瞬点《つ》いて、消える。火災警告システムは正常だ――よし、かけよう。右エンジンからだ。

だが右手を風防の上へ出し、二本の指を立て、機体前方で待機する整備員に『エンジン始動』を合図しようとした時。

チクッ

突然、みぞおちの辺りに刺すような痛みが走った。

「──うっ」

くそっ。

まずい……。ホット・スクランブルのベルのせいか……!?

マスクの中で顔をしかめるが、風谷はそのまま、左手の指でスロットル・レバー前面についたフィンガー・リフトレバーを引き上げる。

グンッ

この日、風谷修は、二機編隊の編隊長として緊急発進のための待機についていた。二十六歳という年齢は、高校を出てすぐ採用され訓練に入る航空学生出身パイロットとしては、すでに中堅に入る。

週に一度、ローテーションで廻って来るこの仕事を空自のパイロットたちは『アラート待機』と呼んでいる。昼・夕刻・深夜の三シフト、八時間ごとに交代する。

航空自衛隊には、日本の周囲の広大な空域を監視するレーダー網がある。もしも領空に接近する国籍不明の飛行物体が探知されると、各基地で待機する要撃戦闘機には〈対領空侵犯措置〉のため緊急発進命令（スクランブル）が下され、領空侵犯を防ぐための警告行動に向かう。自衛隊が日常行なう中で、最も『実戦』に近い任務だ。

領空へ接近する国籍不明機の出現頻度は高く（年間三〇〇回以上）、他国の軍用機をはじめ、飛行計画を出し忘れた民間機など、その『正体』は多岐にわたる。

しかしアラート待機につく航空自衛隊の戦闘機パイロットが、ホット・スクランブルのベルに突然叩き起こされて駆け出し、息を切らせて機体に飛び乗るという光景は、実はそう見られるものではない。

TVのニュース番組でたまに放映される緊迫した映像は、取材向けに『シミュレーション訓練』を撮影させたものだ。実態は、日本列島を広い範囲で囲む〈防空識別圏《ADIZ》〉に近づく飛行物体があると、ほとんど全てが事前に防空監視レーダーによって捕捉《ほそく》される（対空警戒レーダーサイトは全国に二十六か所、さらに早期空中警戒管制機《AWACS》がレーダーの死角を潰《つぶ》すように滞空している）。航空路を飛行して来る民間旅客機などはすぐ識別され、警戒の対象から除かれる。そして管制機関に飛行計画を提出していないいわゆる『未確認機《アンノン》』が発見されると、領空線に接近するかなり前からアラート待機のパイロットには〈STBY〉――すなわち『コクピット・スタンバイ態勢』が指示される。領空侵犯の恐れが出る前にパイロットにはあらかじめ機体に乗り込み、準備する時間が与えられる。『未確認機』

についての情報もある程度知らされる。どの方向から、どんな奴が近づいて来るのか。分かった上で出る。

それが普通だ。

だが今回は普通ではない。〈SC〉――ホット・スクランブルは理由を知らされる暇もなく『領空侵犯阻止のためただちに発進せよ』という命令だ。風谷は、航空自衛隊の戦闘機搭乗員――F15のパイロットとなって五年になるが、待機中をいきなりのベルで叩き起こされた体験は、過去に二度あるきりだ。

そして二度とも、ろくなことがなかった。


「――――」


ホット・スクランブルのベルは、今でも苦手だ。過去にあった二度とも――いや、今はそんなことを考えている時ではない。

風谷はヘルメットの中で頭を振る。集中しろ。エンジン・スタートだ。必要トルクに達したスターターが右エンジンのクランキング・シャフトに接続され、PW／IHI・F一〇〇エンジンの巨大な重たいコンプレッサー回転軸をぶん回し始める。クィイイッという音がいったん苦しげに沈み込み、代わって背中からゴロンゴロンという響きが伝わって来る。情況は、ホット・スクランブルだ。一秒でも早く上がらなくては……！

俺は今日は編隊長なんだ——

そう思った時。

（そうだ）

右エンジンのN2回転計の針の上がりを確かめながら、ようやく周囲に気を配る余裕を取り戻した風谷は気づいた。そうだ、そう言えば、あいつはどうした——？

（——!?）

回転計の針に注意を留めたまま、視野を広げると。いた……！　ちょうど自分の右横に並んでいる二番機——機首ナンバー978のもう一機のF15の搭乗梯子を、ほっそりした小柄な影がスルスルッと駆け昇って行く。体重が無いかのように、疾《はや》い。そのシルエットはまるで黒い猫が梯子を跳躍しつつ昇っていくみたいだ——遅れてきたくせに。

あいつ……！

（スタンバイ・ルームに、姿が見えないと思ったら——）

だが隣を睨《にら》んでいる暇は無い。背中にゴロゴロゴロッという響きが高まり、回転計の針が二十三パーセントに達したところで風谷は右のスロットル・レバーを一センチ前へ。エンジン内燃焼室へ燃料を噴射。

ドンッ

キィイイインッ

着火した——右のエンジン計器からは目が離せない。回転計と排気温度計《EGT》の針が、示し合わせたように揃《そろ》って跳ね上がると、排気温度六八〇度辺りをピークに数秒留まってからやや下がり、落ち着く。右のエア・インテークがガクンと音を立ててお辞儀するように下がり、離陸ポジションを取る。よしいいだろう、安定した。正常なスタート。続いて左エンジン始動。右手をまた前面風防の上へ出し、指を三本立てる。

しかし。

いったい、何物がやって来た——？

左エンジンの正常な着火と、跳ね上がる排気温度を計器でモニターしつつ、風谷は肩を上下させ、酸素マスクの中の呼吸を整える。

（——宮古島のレーダーは、防空識別圏の外側までをレンジに納めているはず。低空だって、今はＥ７６７が監視に当たっているはずだ。ホットで上がらなければならない国籍不明機なんて……）

だが左エンジンはすぐ安定し、風谷は思考を中断せねばならない。

キィイイインッ
キィイイイッ
かかった――左右エンジンとも正常。電気、油圧、高圧空気系統の警告灯も全て消灯。機体の全システムが働き始めた。

（……よし）

車輪止め《チョーク》、外せ。

風防の外へ両手を突き出し、親指を外側へ向けるようにして合図すると、前方に立つ一番機担当整備員がうなずき、両手の紅《あか》い誘導パドルを左右下へ広げて『タクシー・アウト待て』の信号。その間に他の整備員二名が風谷の機体の下に潜り込み、左右の主車輪に嚙《か》ませた車輪止めを外す。その様子を監視している担当整備員が、右手のパドルを高く上げて『出発よし』の信号を示せば、発進準備完了だ。

あとは二番機の準備がどれだけかかるか……。

〈SC〉のランプが点き、ベルが鳴ってから何十秒過ぎた……？　風谷は、右エンジン始動の時に習慣的にスタートさせた、ストップウォッチ付きの時計を見ようとして、

（……!?）

視野に入ったものに、思わず目を見開いた。

「な」

何だって。

思わず、右横を見た。大型の体育館ほどもある、那覇基地のアラート・ハンガー。水銀灯に照らされ、二機のＦ15Ｊが横に並んで駐機している。それぞれの機体に担当整備員が付き、発進作業を手伝っているが——

風谷は、目を疑った。

二番機の機首の先に立つ整備員が、右手のパドルを高々とさし上げ『出発よし』を知らせている。外した車輪止めを抱えた整備員二名が、エンジン・スタートを終えた二番機の下から姿勢を低くして退避する。

(俺より、早いって……)

あいつ——いったいエンジン・スタート手順を何秒で……!?

驚く風谷のヘルメット・イアフォンに

『ブロッケン・フライト、チェックイン』

ザッ、というノイズを伴ってアルトの声が入った。

こ、このやろう。

風谷は、驚きと共に、右横に並ぶもう一つのコクピットを睨み付けた。その射出座席に納まる小さなサイズのヘルメットの下に、猫のような鋭い目が覗《のぞ》いたと思うと、その頭上からキャノピーが下がって閉じた。

あいつ――

ブロッケン・フライト、チェックイン。

それは、編隊長の俺の台詞《せりふ》だ――

「――どこへ行っていた？　鏡《かがみ》」

無線の通話を確認する符丁の代わりに、風谷は二番機のパイロットに問うた。

待機の規則は、スタンバイ・ルームを一歩も出るな、とは言っていない。しかし部屋を用事で出る場合は、編隊長の了承を得るものだ。あいつは、いつの間にかふらりと居なくなっていて、ホット・スクランブルのベルが鳴るとどこかから駆けて来て搭乗し、エンジンをかけて見せた。俺よりも素早く。手が早いのは認めるが――

だが、

『言いたくありません』

ぶっきらぼうな声が、返って来た。

『間に合ったんだから、いいでしょう。もう出られます。ブロッケン・ツー、レディー・フォー・タクシー』

「――」

一年後輩のパイロットを、とがめている場合ではなかった。

風谷の一番機の機首の先に立つ担当整備員が、右手の紅いパドルを高々とさし上げた。

『出発よし』の合図。

仕方ない、出よう。

「那覇タワー」

風谷は右手の人差し指で、操縦桿の握りの背にあるUHF無線の送信ボタンを押すと、管制塔を呼んだ。

「ブロッケン・フライト、スクランブル。リクエスト、イミディエイト・テイクオフ」

無線でコールする間にも、風谷の視野ではアラート・ハンガーの格納庫の扉が、左右に開け放たれていく。

(くっ)

眩《まぶ》しい――そうか、今は真昼か。

『ブロッケン・フライト、タワー。タクシー・トゥ・ランウェイ36』

管制塔が地上滑走を許可して来た。

ランウェイ36——磁方位で真北を向く出発滑走路の、離陸待機位置まで自走せよ。

「ブロッケン・ワン、タクシー・トゥ・ランウェイ36」

風谷が無線に応《こた》えると、

『ツー』

二番機のパイロットも短く応える。

「——」

出るぞ。鏡。

風谷は右横に並ぶ二番機のコクピットのキャノピーへ視線をやると、うなずいて見せた。

二番機のパイロットがうなずき返したかは、よく見えないが——多分そうしただろう。

自分が二番機を務める時は、いつもそうする。

パーキング・ブレーキ、オフ。

両足でラダー・ペダルを同時に踏み込むと、がくん、とブレーキが外れ、双発エンジンのアイドリング推力で機体は軽く上下に揺れてから自走を始める。

スルスル走り出す。

格納庫を出る。

二機のイーグルの両脇《りょうわき》へ退避した整備員たちが、一斉に敬礼する。
風谷は答礼すると、あとは前を見た。

第Ⅰ章　蒼空の来訪者

1

府中　航空総隊司令部・中央指揮所

那覇基地にホット・スクランブルが下令される、その三分前。

「──これは何だ？」

南西第一セクターを担当する要撃管制官が、自分の卓上の空域監視ディスプレーにふいに現われたもの──小さな白い菱形《ひしがた》シンボルに、眉《まゆ》をひそめた。

中央指揮所《CCP》は薄暗い、劇場のような地下空間だ。昼も夜も分からない中、三十名あまりの人員が着席し、黙々と空域監視に当たっている。

劇場の『舞台』に当たる前方には、日本列島とその周辺全域をCGで描いた巨大な戦術情況スクリーンがそそり立つ（これがこの地下空間で最も明るい）。スクリーンに向かって雛壇《ひなだん》のように管制卓が何列も並び、三十名の要撃管制官たちはそれぞれ担当する空域を卓上のディスプレーに拡大し、監視をする。北から南まで、列島の周囲へ向けて二十六か所設置されているレーダーサイト、滞空する早期空中警戒管制機《AWACS》からの電子情報はすべて集約・処理され、この中央指揮所のディスプレーに表示される。

およそ日本列島周辺で、航空機など宙に浮いている物体はすべて捉《とら》えられ、画面に表示される仕組みだが――


「――――」

その若い管制官は、眉をひそめたまま黙って卓上の通報スイッチを押した。


（しかしなぁ……）

葵一彦《あおいかずひこ》は、管制卓の列の後方、雛壇のトップから一段下の先任指令官席で、独り文献をめくっていた。

心の中で独りごちるのは、この役職に就いてからの葵の癖だ。三十七歳。シャツの肩に二佐の階級章。コンソールの上に広げている文献は、公刊戦史だ。

先任指令官という立場（役職）は、指揮所全体を統括するので、目を離さず眺めていなければいけない担当画面はなく、何事も起きないとすることがない。

しかし。こうして幹部だ、指揮官だとか言っているが――俺たちの中の誰《だれ》にも『実戦経験』があるわけではない……。二年前に起きたあの〈事件〉を実戦と呼ぶのは、甘すぎるだろう。自衛隊が『防衛出動命令』に基づいて行動し、幹部自衛官がそれを指揮したという事例は、この半世紀――いや自衛隊の創設以来、一度としてないのだ。ならば指揮官として練達する唯一の手段は、実際に起きた戦闘の記録を手に入れて、それを読み解いて研究するしかない。他人が戦った資料を読み、他人が下した決断を考察するしかないだろう……。うん、これは将棋の棋譜《きふ》を読むのと同じだな――

そんなことを考えていたところへ、葵のコンソールの卓上でオレンジのランプが一つ、点灯した。

様々なセクターを監視している三十名の管制官の一人が、急を知らせて来たのだ。

何だろう。

「南西第一セクター、何か」

点灯したランプを押して、頭につけたヘッドセットのマイクに訊《き》くと、

『先任。報告。航空路アルファー・ワン、宮古島の北西二〇〇マイルの位置で、民間機のターゲットから何かが分離しました』

若い後輩の管制官が、インターフォン越しに告げて来た。

（――？）

何だ。今、こいつは何と言った。

葵は眉をひそめる。

何かが……？

「報告、繰り返せ」

『は。宮古島北西の航空路、高度三七〇〇〇フィートを航行中のチャイナ・コンチネンタル一六一便から、ターゲットが分離しました。ターゲットの識別コード、確認出来ず』

「――――」

分離……？

何を言うのか。空中を飛行中の民間旅客機から、何かが『分離』したと……？

どういうことだ。

「空中分解か」

『いいえ。CC一六一便は、正常に那覇方向へ飛行継続中。速度・高度とも変化なし』

「ちょっと待て」

わけが分からない。

葵は文献を脇《わき》へどけ、自分のコンソールの多目的ディスプレーに報告のあった南西第一セクターの画面を呼び出してみた。

「…………」

現われた画面の様子に、息を呑《の》む。

「な」

何だ、これは――

都内　港区　麻布十番

同時刻。

一台の黒塗りハイヤーが、麻布十番商店街の路地を走り抜けて行く。

「――台詞《せりふ》が長い」

後部座席に納まった細身の娘が、アルトの低い声で息をつく。

ストレートの黒髪。黒目がちの猫を想わせる切れ長の目が、困ったように視線をおとしているのは分厚い印刷物——表紙に〈決定稿〉と太い字で刷られている。

「覚えきれないわ」

「台詞が入らんって、それは徹夜明けのせいだろ。きつかったからな撮影」

隣に座る三十代の男が、手にした携帯の画面をめくりながら言う。

「しかし、今売れているのはいいが——いつまでもCMばっかりじゃ。君の本業は女優だろ。新しいドラマのオファーは、受けとかないと」

「そうだけど」

「この間のスポーツ紙を見たろ。『女優としての秋月《あきづき》玲於奈《れおな》は、このところ作品に恵まれていない』」

「——」

「『作品が悪いのか、あるいは単に演技が下手くそだったのがばれて来ただけなのか？』」

「——」

「言わせておくつもりか？」

「——」

「デビュー当時、〈天才〉って言われてたんだ。うちの事務所に所属を変わってから、下手になったなんて言われたくないね」

男はスーツ姿だが、シャツは色付きで、細面の顔にかけた眼鏡も色付きフレーム。携帯の画面から目を離さず、運転手の背中へ「あぁ、あのね、毎回帰宅の経路は微妙に変えてくださいね、用心が悪いから」と念を押す。

運転手が「はい」と返事してハンドルを回す。

ハイヤーは、タイルの舗装を踏んで曲がり、中層マンションが並ぶ一角へ入って行く。

麻布十番は古い商店街と、広壮な造りの邸宅やマンションが混在する街並みだ。

「やっぱり玲於奈はそろそろ、女優としてまたドラマをやらないと」

「——そうだけど」

玲於奈、と呼ばれた娘は二十代半ば。猫のような印象の顔は、にこりともしない。息をついて分厚い台本を閉じ、革のミニスカートの膝《ひざ》に置く。

「でも今頃になって、また刑事の役……」

「この前のシリーズの女刑事は、評判が良かった。DVDも売れて、事務所も助かった。今回も『刑事やってくれ』っていうのは、スポンサーからの要望らしいじゃないか」

「……そうらしいけど」

「やればいい」

「気が乗らない」

「とにかく部屋に着いたら、とりあえずシャワーを浴びて寝るんだ。頭がすっきりすれば、やる気も――」

「そういうことじゃなくて」

「ん」

猫のような目をした女優が、不安げな視線を窓の外へ向けたので、マネージャーの男は携帯から顔を上げた。

「ほかに、気になることがあるのか？」

「…………」

秋月玲於奈は、外の様子を見ながら唇を噛《か》み、頭《かぶり》を振る。

「……最近、何となく、だけど」

「神経が太いようで、繊細だからな。君は」

「…………」

「こうか？　スクープ目当てのカメラマンか、あるいは何の目的か分からないが怪しい人物がいて、自宅を張《は》っているような感じがする」

マネージャーは、察したような口ぶりで訊く。

「いつも監視されているような気が？」

「気のせいかも知れないけど」

「いや、よくある。君くらいになれば、熱狂的なファンが自宅の廻りをうろつくのはよくあることだ。だからこうして定期的にマンションも変えて、用心している」

「…………」

「今度のマンションは入口にコンシェルジュが常駐して、ホテル並みに、入って来る人間をチェックしている。セキュリティーの面では安心していい、よく眠れる」

「だといいけど」

　キッ、とブレーキが鳴って、ハイヤーが停止した。

　深い茶色のタイルを張られた、中層マンションのエントランス前だ。制服のドアマンが近づいてきて、一礼してハイヤーのドアを開ける。

「寝ておけよ。今夜、またＣＭの撮《と》りだ。五時に迎えに来る」

「ねぇ」

　台本とバッグを胸に抱えた女優は、ブーツの脚をさばいて降りようとするが、その動作を止めてマネージャーを振り向く。

「ドラマは、出るけど――あっちは、本当に断ってくれたんでしょうね」

「あっち？」

「この間の話」

「あぁ、あの〈招待〉の話なら、事務所として正式に断りをいれた。スケジュールが合わないって理由で」

「なら、いいけど」

「あの国へ行くことになれば、マスコミは注目するだろうが――ファンの反応が微妙だ。社長も得策じゃないって。せっかく君は昇り調子なのに、変な色がつく」

「………」

「あの国の最高指導者が、日本の女優を好むっていう話は噂《うわさ》で聞いていたが。まさか君が好かれるとはね。ＤＶＤを見たのかな」

「……とにかく、しつこくされても断って。最近、気味が悪い」

秋月玲於奈は、早足でマンションのエントランスをくぐった。

黒っぽい服装の、猫のようにほっそりしたシルエットはロビーを横切る。ピンクの制服の女性が「お帰りなさいませ」と会釈する受付前を抜け、一階奥のエレベーター・ホールへ。

「――」

住人が少ないのか、扉を開いたエレベーターの箱には、誰も乗っていない。バッグからキーカードを取り出し、操作パネルに差し込むと最上階の十階のボタンだけが点灯する。爪を伸ばした指で押すと、ドアが閉まる。

箱が上昇し始める。秋月玲於奈は息をつき、白い四角い空間を見回した。

気のせいだと、いいけど――

この箱の中にも、ホールにも通路にも防犯カメラがあり、警備会社がモニターしているはずだ。宅配便などはフロントが受け取る。住人でない者がエレベーターに乗り込もうとすれば、すぐ分かるはずだ。キーカードがなければ、その階まで行くことも出来ない。

ポン
すぐに十階へ着き、扉が静かに開く。

絨緞《じゅうたん》張りの内廊下も、ホテルのようだ。廊下には右にも左にも、人けはない。同じ階の住人と顔を合わせることもほとんど無い。セキュリティーが行き届いている代わり、どのような素姓の人々が住んでいるのか分からない。

革のブーツのヒールが沈み込むような絨緞を踏み、先週引っ越して来たばかりの自分の部屋の前に立つ。キーカードを差し込もうとして、

「………」

ふと、切れ長の目でもう一度、廊下の左右を確かめた。

誰もいない。

でも何だろう、この感じは……。

眉をひそめると、女刑事がはまり役と評価された、鋭い眼差《まなざ》しになる。演技はへたくそでも眼の力は『闘うヒロイン』そのものだと——でも冗談じゃない。本当の自分は、そんなに芯《しん》は強くない。拳銃を片手に、凶悪犯やテロリストを相手にするなんて……。

呼吸を整え、廊下の左右を見渡した。

(——誰かが、見ているような……)

気のせいだろうか。

姉なら——

ふと思った。

姉なら、この妙な『感じ』の正体が分かるだろうか？　双子の姉は、勘がよかった。わたしよりも、遥かに。

この〈役〉をわたしに押しつけて出て行ってしまわなければ。今でも〈秋月玲於奈〉は姉のままなのだ。双子だというのに、すべてにかけて姉は違っていた。わたしは日々、姉との違いを思い知らされるばかりだ——

あの姉なら、この不安感の原因を摑《つか》むことが出来るだろうか——？

思い当たることは、多くない。

先月、あの〈招待〉を断ってからだ。ある国の政府からだという、〈招待〉を断った。向こうで最高指導者が主催するパーティーに出てくれ、というオファーだったらしいが、日本と国交の無い特殊な国だったので、気味が悪く事務所に断ってもらった。

だが、それからというもの、気がつくと誰かに、監視されているような気がする。マスコミの張り込みなら、どういうものか知っている。ここ数年、つまり自分が〈秋月玲於奈〉になってからずっと、芸能マスコミにも週刊誌カメラマンにも追いかけられた。でもこんな変な『感じ』は、初めてだ……。

カチ
重たいドアを開け、後ろ手に閉めた。

「……とにかく、寝よう」

気にしても、仕方がない。きりがない。徹夜の撮影がやっと終わり、昼になっての帰宅だ。夕方まで寝たらまたハイヤーの迎えが来て、別の仕事に出かけなければならない。

寝ておかないと——

秋月玲於奈は、脱いだブーツをシューズイン・クローゼットの棚へ突っ込むと、息をつき、バッグのストラップを肩にかけてリビングのガラス扉を押した。

「……!?」

その途端、息を止めた。

いきなり、リビングのテーブルに腰かけてこちらを見ている物と鉢合わせしたのだ。

ばさっ

手からドラマの分厚い台本がこぼれおち、板張りの床に音を立てて広がった。

「ひっ」

身体《からだ》がのけぞり、その姿勢で固まってしまう。

猫のような目が、見開かれる。

何だ、これは……!?

それはサッシの窓を背に、リビングのテーブルに腰かける形で置かれていた。

人間の子供くらいの大きさ。黒い頭から円形の大きな耳が左右に突き出し、先端に玉のような丸いものがついた鼻。寄り目のような格好のビーズの目が二つ、入室した玲於奈を出迎えるように光っている。

〈ＩＮＶＩＴＡＴＩＯＮ〉

（……縫いぐるみ……？）

はぁっ、と息をついた。

何だ、縫いぐるみか……。誰かがいるのかと思った。

有名なネズミのキャラクターの縫いぐるみだ。

しかし、誰がこんな物を……。

「――――」

肩を上下させ、玲於奈は室内を見回す。

物音はしない。

見回しつつ、バッグの中を探り、携帯を取り出す。片手で開き、着信履歴の中から番号を選んで押す。

「――ねぇ、わたしの留守中に、何か置いた？」

マネージャーが出るなり、猫のような目の女優は文句を言った。

「部屋に縫いぐるみを置いたかって、訊いてるの。勝手に入って、こんな物――」

事務所に届いた、ファンからの贈り物だろうか。

でも、こんな趣味の――

だが、
『何を言ってるんだ？』
ハイヤーで事務所へ向かっているはずのマネージャーは、携帯の向こうで訝《いぶか》った。
『俺は勝手に部屋になんか入ってないし、何も置いていないぞ。だいたい昨日の迎えから
ずっと、仕事場で一緒だったろ』
「じゃ、誰が」
『そこには、俺以外は誰も入れるはずはない。宅配便もフロントで留めて置くよう言って
あるし——あ、ちょっと待ってくれ。クライアントから呼び出しだ』
「待って」
玲於奈は、キャッチホンに出ようとするマネージャーを鋭く引き止めた。
「すぐ来て。誰か入った」
『え？』
「すぐ戻って。留守中に、わたしの部屋に誰かが入った。警察も——」呼んで、と言いか
けた時。ザッとノイズが入り通話が途切れた。
しまった、首都高のトンネルに入ったか。事務所へ戻る途中、いつも通る。
「——」

玲於奈は通じない携帯を耳に当てたまま、室内を見回す。

物音はしない。

部屋の中は一見、何も変化がない。昨日の午後、仕事に出かけた時のままのようだ。閉じられた白いレースのカーテン、使っていないキッチン……。テーブルの上に、ネズミのキャラクターの巨大な縫いぐるみが腰かけているほかは――

誰がこんな物を……？

ネズミのキャラクターは笑顔で、両手に何か抱えている。白い封筒のように見える。面に文字。

〈ＩＮＶＩＴＡＴＩＯＮ〉

いったい何だ……。

さらに見回す。

何者かが入り込んで、この縫いぐるみをここに置いたのだろうか。この部屋に、自分のほかに入れる者は――？　合鍵を持つマネージャーは、ずっと同じ仕事場にいた。ファンからの贈り物は、事務所に届いて留め置かれる。決してタレントの自宅に直接届けられることはない。ここの住所も部外秘だし――いや、ファンからというのはおかしい。こんな趣味の縫いぐるみを送りつけて、わたしが喜ぶと思うそのセンスが、変だ……。

（……ひょっとしたら――）

しんとした室内。

ひょっとしたら。何者かがまだ、この室内に……。

背中がぞくっ、とした。

これを運び込んだ何者かが、いるのかも知れない。扉の陰、洗面所、バスルーム、寝室、クローゼット――人間の潜んでいられそうな場所はいくらもある……。

（――――）

玲於奈は室内を見回しながら、肩で息をした。黒いストッキングの擦り足で後ずさり、ベランダに面したサッシに背中をつけた。後ろ手に探ると、サッシの内鍵は掛かったままだ。ガラスも割られていない。縫いぐるみを持って侵入した者は、堂々と玄関から入ったのか――？

逃げたい。

ここから逃げ出したい。だが、人けのない内廊下や、誰も乗っていないエレベーターにもう一度乗るのは嫌だ。気味が悪い。

後ろ手でサッシの内鍵を開け、白いレースのカーテンを背中でかき分けるようにして、ベランダへ出た。

吹き渡る風と、街のノイズ。

頬《ほお》を風になぶられ、肩を上下させた。

「はぁ、はぁ」

切れている携帯をリセットして、番号を押した。「1」「1」「0」。この部屋へ警察を入れたら、いろいろな方面に影響が出るな――一瞬そう思ったが、怖さの方が勝った。発話ボタンを押した。『はい事件ですか？　事故ですか？』と応答して来た女性オペレーターに、部屋に誰かが侵入したらしいから助けてほしいと訴えると、『空き巣ですね』と今ひとつ分かっていない応対をして、すぐに警官を差し向けると答えた。

警察が来るまで、どのくらいかかるだろう――？　部屋の中に戻りたくない……。そうだ、マネージャーにもう一度連絡をしなくちゃ――ベランダの手すりにつかまりながら、携帯のボタンに指をかけた。

(――――)

だが指は無意識に、自分が一番頼りにしている人物を、電話帳から選び出していた。

思わず『発話』にした。

今、どこにいるのだろう……。東京にいないことは分かっているが――

呼出音が始まった。お願い、出て……。麻布の住宅街が広がる十階のベランダで、携帯を耳につけて玲於奈は待った。

十回近い、長い呼出音のあと、相手に繋《つな》がった。

「お姉ちゃん!?」

相手が何か言う前に、すがるように呼びかけていた。

「お姉ちゃん、あたし」

『——露羽《つゆは》?』

遠くのどこかで、低い落ち着いた声が、もの憂げに問い返す。

『どうした』

「お姉ちゃん助けて」

思わず、助けを求めた。

『どうした、露羽』

電話の向こうで、声は、玲於奈を本名で呼ぶ。

玲於奈が以前、ドラマで女刑事を演じた時に努めて腹から出していた低い落ち着いた声を、電話の相手は自然に出した。刑事を演じる時の玲於奈にそっくりな声。

「助けて。誰かが部屋に忍び込んで——」横目でカーテンの内側を見やりながら、玲於奈は訴える。「――縫いぐるみ、置いてった」

『……？』

電話の向こうで、わけが分からない、という息づかい。

『何のこと』

「今、話して大丈夫？」

『待機中なんだ。あんたからの電話だから、スタンバイ・ルームを出て来たけど――長くはフケられない』

電話の相手は、玲於奈を気づかう口調になった。

『露羽。帰ってみたら、留守中に誰かが忍び込んでいたのか？』

「うん」

『警察は』

「もう呼んだ」

『そこは今、安全？』

「たぶん。今、ベランダ。部屋に戻りたくない」

『誰か、いそうなのか』

「分からないけど」

『分かった。警察が来るまで、話し相手になるから』

「お姉ちゃん、今どこ」

『沖縄』

「沖縄？　金沢じゃなくて？」

『出張みたいなもん』

「そう」

『露羽。呼吸が上がってる。教えただろう、腹式呼吸。やってごらん』

「う、うん」

『落ち着いたら、事情を話してごらん』

「うん」

秋月玲於奈は、電話の向こうの姉に言われた通り、肩をゆっくり上下させて呼吸を整えると説明しようとした。

「あのね。先月、事務所に、ある会社の社長を通して北朝鮮の高官だっていう人から――」

だがその時。

どこか遠くの電話の後ろで、金属音が鳴り響いた。

何だろう。非常ベル……？

『ちっ』

電話の向こうの姉が、舌打ちをした。

にわかに騒然とした空気が、受話器を伝わって来る。

『参ったな。ホットだ』

「え？」

『スクランブルがかかった。行かなきゃならない』

「お姉ちゃん？」

『とにかく、警察が来るまでそこにいて、後は事務所とよく相談するんだ。生きて帰れたら、今夜あたり電話する。いいね』

「う、うん」

ホット……？

スクランブル？　何のことだろう。姉の世界の専門用語だろうか。

生きて帰れたらって――

「――あの、お姉ちゃん」

だが通話は切られた。

2

沖縄県　那覇基地（那覇空港）

（くっ――眩《まぶ》しい）

強い陽光が、風谷の目を射た。

機体が走り出し、密閉されたアラート・ハンガーの格納庫を出ると、外は真っ白い照り返しの誘導路だ。

黄色いセンターラインが、白い輝きの中へうねるように伸びる。

キィイイイン――

双発エンジンのアイドリング推力に任せ、機体を誘導路へ自走させつつ風谷はヘルメットのバイザーを下ろす。紫外線を遮断した視界。こうするとまるで、戦闘機パイロットは人間の顔でなくなってしまう――グレーの円い頭と黒光りする複眼を待つ、昆虫人間のようだ――初めて戦闘機用のヘルメットとバイザーを支給され、試しに着けてみた時のことを思い出す。あれはもう五年前か――

『ブロッケン・フライト、アフター・パシフィック747テイキング・オフ、ラインナップ・アンド・ウエイト。ランウェイ36』

滑走路へ直角に繋がるE9誘導路へ機体を進入させると、管制塔が指示して来た。那覇は民間エアラインも発着する『軍民共用』空港だ。

太平洋航空のボーイング747が離陸したら、その後から滑走路へ進入せよ。

「ブロッケン・フライト、ラインナップ・アンド・ウエイト」

管制指示を復唱しつつ、誘導路のセンターラインから視線を上げると、まるで目の前に白と青色の壁があるようだった。

(――――)

真昼の陽炎《かげろう》に揺らめきながら、巨大な四発の旅客機が大口径のファン・エンジンを全開し、ゆさゆさと横向きに動き出すところだ。高い青色の垂直尾翼は、イーグルのコクピットからは見上げるようだ。

(――ありがたくない)

うだるような暑さは仕方ないとして、今日は風が強くない。これでは、滑走路上に後方乱気流が残るだろう――そう思った途端、滑走路の脇の芝が一斉にジェットの噴射に吹き倒されてなびき、赤と白の吹き流しがちぎれるように踊った。

酸素マスクの中で唇を嚙みながら、風谷は走行を止めずに舵《かじ》のチェック。操縦桿は前・後ろ・左・右、フルにスムーズに動くか——？　舵の動きを確かめると、離陸のためフラップを〈DOWN〉位置へ。防氷装置は必要ない、夏の沖縄だ……。離陸前チェックリストを、指でたどって完了する。

ジャンボが離陸した直後の滑走路へ、直角に進入する。那覇の飛行場管制業務は空自が受け持っているが、だからと言って自衛隊機を特別に優先してくれはしない。スクランブル（緊急発進）と言っても、離陸のため先に滑走路へ進入していた民間旅客機を脇にどかせて出られるわけではない。羽田か関西へ向かうのだろうジャンボジェットを先に出発させ、巨人機の翼端が発生させた後流の渦に芝生がちぎれるようになびく中、ランウェイ36にラインナップする。

白いセンターラインのペイントされた二五〇〇メートルの滑走路。幅は四五メートル。まっすぐに伸びる遠近法のような前方視界で、逃げ水現象がゆらゆら光る。その向こうで、巨大な四発のシルエットがゆらめきながら大地を離れて行く。

「うっ」

ブワッ

機軸をセンターラインと並行に合わせようとした時、ふいに機体が不安定にふわりと傾き、右主車輪が浮こうとした。反射的に操縦桿で傾きを押さえる。くそっ――路面に残った翼端渦《ウェーク》に煽《あお》られたか――？　Ｆ15は戦闘機では大型の部類に入るが、四発の旅客機の後方へ置いたら紙飛行機のようだ。

『ブロッケン・フライト。ウインド、ツーエイトゼロディグリーズ・アット・セブンノッツ。ランウェイ36、クリア・フォー・テイクオフ』

ブロッケン編隊に離陸を許可する。風向は二八〇度、風速は七ノット。

「ブロッケン・ワン」

『ツー』

風谷が「ブロッケン・ワン」という自機のコールサインを用いて、管制塔へ了解の意を伝えると、二番機のパイロットも『ツー』と短く、了解を表明した。戦闘機は編隊行動が基本だから、管制機関との交信は編隊長である風谷が行なう。二番機は必要に応じて『了解』を表明するだけだ。フライト中、二番機パイロットはほとんどしゃべらない。

あいつは、普段から隊でもしゃべらないが――

二番機のパイロットのことをちらと考えながら、風谷は脚でラダー・ペダルのステアリングを操り、後流の渦に煽られる機体を滑走路の左半分の位置に合わせる。編隊離陸では一番機が滑走路の左半分、二番機が右半分を使用し、前後にずらした主翼の翼端が重ならないように滑走を開始する。これは一番機の機体やエンジンに異常が発生して離陸を取り止《や》めても、後方の二番機に追突されないようにするためだ。

機首の向きを軽く振って滑走路の磁方位に合わせ、ブレーキを踏んで停止。まだ滑走路上はジャンボの引っ張って行った翼端後流《ウェーク・タービュランス》の渦のせいで、小さな嵐の中のようだ。F15は突風を受ける凧《たこ》のようにふらつき、操縦桿を油断なく右へ取っていないと、煽られてひっくり返りそうになる。地上で止まっている戦闘機ほど無防備なものはない——早く上がってしまわなくては……。風谷は機体を停止させると同時に、キャノピーの窓枠内側についた小さなミラーへ視線を上げ、自分の右後ろへ追従して来る二番機を待った。

(——!?)

軽い驚きを覚えた。

ミラーに映る二番機は、風谷の機に続いて滑走路の右半分へ進入して来ると、ぴたりと静止した。一度もステアリングを振ったり、機首の向きを直そうとはしない。たった一度で、滑走路の磁方位に機首をぴたりと合わせた——？

些細《ささい》な操作だが、普通は出来ない。

どんなパイロットでも、普通は一度で機の軸線はセンターラインに合わず、前輪のステアリングを軽く振って、機首方位を直す挙動が見えるものだが——

おまけに二番機——鏡黒羽《くろは》三尉の操るイーグルは、風谷機と同じ後流のあおりを受けているというのに、ぴたりと静止したままふらつきもしない。嵐の中で、一羽の鷲《わし》が風雨に動ぜず木の梢にぴたりと止まっているかのようだ。

あいつ——

不思議だ、と思った。

だが考えている暇はない。

ブレーキで機体を止めたまま、エンジンのマックスパワー・チェック。左、右とスロットルを交互にミリタリーまで進め、戻す。回転計と排気温度計の針が揃《そろ》って跳ね起き、元に戻る。異常なし。

『ブロッケン・フライト、アフター・エアボーン、レフトターン・ヘディング・ツーセブンゼロ、エンジェル・フォーゼロ・バイゲイト。クリア・フォー・イミディエイト・テイクオフ。トラフィック、スリーマイルズ・オン・ファイナル』

ブロッケン編隊は離陸後、左へ旋回し飛行方位二七〇度、高度四〇〇〇〇フィートへアフターバーナーを使用し上昇せよ。着陸機が後方三マイルに迫っているのでただちに離陸せよ。

「ラジャー」

風谷は応答すると、またミラーにちらと視線を上げ、二番機がマックスパワー・チェックを済ませたことを確かめた。

行くぞ。

「ワン、テイクオフ」

バイゲイトか。

管制塔が〈アフターバーナー使用離陸〉を指示して来た。『バイゲイト』という用語がそれだ。一秒でも早く、侵入して来る未確認機に向かえ、と言うのだ。

理由を考える余裕もなく、左手で摑んだ左右二本のスロットル・レバーを一気に前方へ押し進めた。カチン、という手応《てごた》えを越え、さらに一番前へ。

(――う?)

ふだんの離陸では、そんなにスロットルを前へ出したことがないので、風谷はレバーのストロークを凄《すご》く長く感じた。腕を一杯に前へ。

『ツー、テイクオフ』

無線にアルトの声が入るのと、風谷の背中で双発のＰＷ／ＩＨＩ・Ｆ一〇〇エンジンがアフターバーナーに点火するのは同時だった。

ドンンッ
重たいバーナー着火音。続いて、まるで空母からの発艦がこうではないか、と思われる加速Gが風谷のF15を前方へ突き飛ばした。

「うっ」

背中がシートに叩《たた》きつけられる。

くそっ、方向維持が……！

難しい。爆発的な加速力のため、ジャンボの後流の渦で機首がぶれると、たちまち走行方向がずれて滑走路の舗装面をはみ出しそうになる。ラダー・ペダルで直す。しかし加速Gで相撲の『喉輪《のどわ》』をくらったように後頭部はヘッドレストに押しつけられている。歯を食い縛って視線を下げないと、センターラインが見えない……！

「――くっ」

猛烈な勢いで滑走路が手前へ呑み込まれる前方視界で、ヘッドアップ・ディスプレーの速度表示が吹っ飛ぶように増加して一二〇ノットを超す。待ちかねたように風谷は右手で操縦桿を引く。

フワッ

いや、引くために手前へ力を込めた瞬間、Ｆ15は路面を蹴《け》っていた。飛び上がった。同時に巨人機の掻《か》き乱した空気の層を脱する。

ただちに操縦桿を左へ倒し、旋回。大地がぐっ、と右へ傾く。那覇を北向きに上がる時にはこうしてすぐ洋上へ機首を向けないと、嘉手納基地の空域へ入り込んでしまう。

（ギア……！）

はっ、と気づいて着陸脚を〈ＵＰ〉に。アフターバーナー全開では、機首上げ二〇度の姿勢を保ちながらも機の速度はあっという間に二五〇ノットを超えてしまう。脚を上げ、さらに機首を上げていく。機首上げ四〇度。もう目の前には空しか見えない。

那覇基地・管制塔

「行きました」

飛行場を見渡す管制室のパノラミック・ウインドウから双眼鏡を空に向け、飛行服の長身の男が言う。

男は管制官ではない。彫りの深い横顔に、濃い眉。オリーブグリーンの飛行服の袖《そで》には一尉の階級章。つい一分前、地下から上がって来て、管制官たちの肩越しにスクランブルの様子を見ていた。二機のF15が離陸するなり左へ旋回するのを、そのまま双眼鏡で追う。

「バーナー・オンで、上がりました」

低い声に『上がってくれた』という、ほっとした息が混じったのは、編隊の先頭の一番機がジャンボ機の翼端後流につかまってふらつき、滑走路をはみ出しそうになりながら、かろうじて体勢を立て直しリフト・オフしたからだ。

二つのライトグレーの機影は、大地を離れるとぐん、と急角度で天に向かい、管制塔の展望窓をたちまち上へはみ出して見えなくなる。

「月刀《がとう》。編隊長は、風谷か」

もう一人、黒いサングラスの飛行服の長身が、頭上へ消え去る機影を目で追う。口ひげを蓄えているが、三十代だ。袖に二佐の階級章。

管制塔の本来の主である、飛行場管制業務を任された制服の一曹が「ブロッケン・フライト、フォロー・データリンク。コンタクト・CCP」とマイクに指示すると、呼吸の速い無線の声が『ラジャー』とスピーカーに返って来る。

二機はたちまち管制塔の管轄空域を離れ、どこか洋上の高空へと向かう。

二機がどこへ向かうのか、この管制塔に詰める人々には分からない。

たった今離陸後の飛行方位や上昇高度、上昇方法などについて指示を伝えた管制官も、府中の総隊司令部からデータリンクで送って来たスクランブル・オーダーをそのまま読み上げただけで、二機のF15がどこへ向かわされ、何と対峙《たいじ》するのか全く知らない。どこで何が起きているのか。起きようとしているのか。事前情報が現場に伝えられる暇もない。ホット・スクランブルだ。

「たまらんな、ここは」

口ひげの男は、サングラスの顔を手で扇ぐ仕草をする。しかし管制塔の内部は、空調が効いているのだ。

「ジャンボの真後ろに、くっついて上がらされるんじゃ――俺だってああなるだろう」

「勘弁して下さい。火浦《ひうら》二佐」

ヘッドセットを頭にかけた管制官が、飛行場のフィールドから目を離さずに言う。管制業務は、ここでは地上走行担当と、離着陸担当の二名で分業しているが、ひっきりなしに交信が入って来て無駄話をする暇がほとんどない。

「一本の滑走路で、このとおり民航機のトラフィックもさばくのに、我々は精一杯で――最近では、アジアからの国際線まで増えて」

横に立った男に話しながら、管制官は滑走路がクリアになったことを目視で確かめ、五〇〇フィートの低空まで進入して来た東京からのジャンボ機に着陸許可を出す。

「分かってる。文句は言わん」

那覇空港は、本土の各地から観光客を運んで来る大型旅客機に加え、南西諸島の離島と沖縄本島を結ぶ中・小型機が代わる代わる発着、最近では台湾や中国本土からの国際線も増え、それに加えて航空自衛隊と海上自衛隊が基地を置く。

火浦二佐、と呼ばれたサングラスの男は、肩をすくめた。

「すまん、俺たちも不慣れでな。三〇七空は『移動訓練《いどうくんれん》』の名目で、こうして邪魔をしているわけだからな」


「しかし。いったい何が来るんでしょう」

月刀と呼ばれたもう一人の飛行服が、双眼鏡を顔から外し、鋭い目で二機の飛び去った空を睨《にら》む。野性味のある濃い眉をひそめる。

月刀慧《けい》一尉。石川県小松基地に本拠を置く、航空自衛隊第六航空団・第三〇七飛行隊の飛行班長だ。隊に所属するパイロットたちの技量管理――その他もろもろ、直接の面倒を見るのが仕事だ。

「いきなりの、ホットだなんて」

「分からん」

　火浦も息をつく。

「だが風谷三尉なら、アラートで国籍不明機と遭遇した経験は誰より多い。今回も、何とかしてくれるだろう」

「何とかする、ですか」

「そういう言い方以外、言いようがないよ」

　火浦は、二機の消えた西側の空――白い積乱雲がいくつも、オブジェのようにそびえている――を見上げながら息をつく。

　火浦暁一郎《きょういちろう》二佐は、第三〇七飛行隊の飛行隊長だ。航空学生の出身で三十七歳。『夏季移動訓練』の名目で小松基地から四機のＦ15Ｊと八名のパイロット、そして十名の整備要員を引き連れて那覇へやって来た。

　訓練と言っても、やることは那覇にベースを置く南西航空混成団・第八四飛行隊の『応援』である。アラート待機のローテーションを、一部引き受けている。

　現在、東シナ海では、中国などの軍備増強に伴って軍事緊張が高まり、日本の南西諸島への国籍不明機の接近事例が急増していた。一方海面では、中国艦隊が日本領土の島の間を抜けて太平洋へ出入りする事態なども起きている。監視に当たる海上自衛隊の護衛艦に、対潜ヘリコプターをぶつけるように接近させて来たりしている。

このような事態に対して、日本政府はなぜか何も抗議しようとせず、反対に東シナ海のガス田開発で中国政府に譲歩したり、あげくには『尖閣諸島の領有権については近隣諸国とよく話し合う』などと表明して『領土問題は最初から存在しない』とする外務省と衝突したりしていた。南西諸島の最西端・与那国島に陸上自衛隊の守備隊を駐屯させる案も、いつの間にか頓挫《とんざ》して消えてしまった。

危機感をつのらせた防衛省は、沖縄の自衛隊を増強しようとしない政府（内閣）の目を盗んで、『移動訓練』の名目で本土の各航空団から順番に応援の戦闘機を那覇へ派遣し、国境警備を手厚くしているのだった。

「飛来して来るのが、例のスホーイでないことを――」祈るばかりだ、という言葉の末尾を、火浦は呑み込んだ。

「俺も、今それを考えていました」

月刀もうなずく。

「悪夢の再来――しかし、だとしても編隊長の風谷も二番機の鏡も、それぞれ〈亜細亜《アジア》のあけぼの〉のスホーイとは接触した経験がある」

「接触して、生き残った――か」

「はい」

「特に風谷は、〈奴〉とは二度遭遇している。二度遭遇して——」

「うむ」

火浦は腕組みをすると、サングラスの下の口を結んだ。

何かを、思い出す表情になる。

「月刀」

「は」

「最近のあいつは——風谷の様子は、どうだ」

「よくやっています」月刀はうなずく。「二年前に撃墜された後のＰＴＳＤの症状も、もう出ていません。もともと努力家です。立派に復帰して飛んでいます」

「そうか」

火浦の飛行隊長という立場は、整備隊の統括もしなければならないため、自分自身で隊のパイロット個々の面倒までは見られない。第三〇七飛行隊に配属されたパイロットたちの育成や技量管理は、飛行班長に任せなくてはならない。

隊長の片腕となる飛行班長には、自分に気心の知れた後輩が必要だ——そう考えた火浦は、三年前に飛行隊長となる時、当時の所属航空団の司令部方針に異を唱えたり、ベテランの先輩パイロットと殴り合いの喧嘩《けんか》をしたりして問題の多かった月刀を、あえて配下の飛行班長に引っ張った。月刀は、火浦の後輩の中で最も腕がよく、上には逆らうことが多くても後輩の面倒は見る男だった。

目論見《もくろみ》が当たって、今では火浦が「飛行隊の誰々はどうだ」と訊《き》くと、即座に詳しく、そのパイロットの状態を答えてくれた。

「ああいう根の優しい男に、本当は戦闘機パイロットは向かんと思うのですが」

「うん」

「イーグルにしがみつこうって根性だけは、見上げたものがある。一度は〈亜細亜のあけぼの〉のスホーイに真後ろから撃たれて撃墜され、二度も死ぬような目に遭わされ、心的《P》外傷後症候群《TSD》の一歩手前まで行き——それでも立ち直って、ああやって飛んでいる」

月刀も腕組みをして、息をつく。

「立派です」

「うむ」

「立派ではありますが」

「?」

「本当は、あいつの前では言えんのですが、今日のアラートの編隊長は」

「鏡の方がよかった、か」

「はい」

　つい今「俺だってああなる」と火浦が指摘したように、ジャンボ機の後流が収まらないうちにアフターバーナー離陸を敢行すれば、風谷三尉と同じようにたいていのパイロットが姿勢を乱し、下手をすれば危険な離陸となっただろう。

　だが続く二番機・鏡黒羽三尉のF15は、同じ条件であるはずなのに『ジャンボ機の後流なんてどこにあるんだ』と言うように離陸滑走の方向も姿勢もぴたりと安定して乱れず、一度もふらつかずに一番機の斜め後ろのポジションを保ち、平然と上がって行った。むしろ一番機がふらついて、二番機に衝突しはしないかと心配になる程だった。

「本人の前では言いませんが、あれは一種の〈天才〉です」

　月刀が腕組みをしたまま、唸《うな》る。

「機体にかかる空気の見切り方――洞察力のようなものが、尋常じゃない。度胸も申し分ない。パイロットになる前に、何をしていたのか知らないが……。あれでもう少し協調性が――いや、俺が協調性を口にするのも変ですが」

「それに男だったら、か」

「はい」

「あの鏡は、風谷より航空学生で一年後輩ですが。実戦要員《OR》に発令されたのも、二機編隊長資格を取ったのも鏡の方が先です。今日の編隊長にするのに、規定上は差し支《つか》えなかったはずだ。火浦さん、どうして鏡はスクランブルの編隊長になれんのです?」

「俺の権限の範囲内で出来るのなら、とうにしている」

サングラスの顔で、火浦は困ったように基地のフィールドを見渡す。

「上申は、しているんだ。上がな」

その言葉に、

「うう、そうですか」

月刀がまた唸った時。

「火浦二佐、月刀一尉」

管制塔の連絡要員の三曹が、背中から呼んだ。構内電話の受話器を手にしている。

「ただちに、地下の司令部要撃管制室へお戻り下さい。未確認機《アンノン》の諸元が、判明しました」

3

石川県　航空自衛隊第六航空団・小松基地

「うちの飛行隊のペアが、ホットで上がっただと……!?」

日比野《ひびの》克明《かつあき》二佐が階段を駆け降り、地下三階の耐爆扉を肩で押すようにして要撃管制室へ入ると、ちょうど薄暗い管制室の空間では、学校の教室ほどの大きさの空間の奥に、南西諸島方面の空域図が投影されるところだった。

　小松にベースを置くここ第六航空団にも、司令部地下に要撃管制室がある。

　黒板サイズの前面スクリーンに拡大されるＣＧの画像は、遠く府中の総隊司令部中央指揮所《ＣＣＰ》からデータリンクで送られて来たものだ。沖縄本島と、その周辺。

「あっ、防衛部長」

　交代で当直をしている第六航空団の要撃管制官が、振り向いて告げる。

「お知らせした通りです。今、南西第一セクターの情況が出ます」

「『移動訓練』で那覇へ出張させた、うちの所属のペアが上がったというのは本当か」

「は。只今より三分前に府中CCPより〈SC〉が発令、那覇基地でアラート待機についていた第三〇七飛行隊所属の風谷・鏡のペアが上がりました」

「――――」

「部長?」

「今、何と言った」

「は。三分前に――」

「そうじゃなくて」少しいらづいたように、小柄な幹部は聞き質《ただ》す。「搭乗員は誰か? もう一度言え」

「編隊長が風谷三尉、二番機は鏡三尉です」

ここは沖縄から遠く離れ、日本海に面する小松基地だ。

航空自衛隊の各基地(航空団)はすべて、その地下に小規模ながら自前の要撃管制室を持っている。

遠く離れてはいても、国籍不明機が日本の周辺のどこかに出現し、空自が要撃の行動に入ると、すべての基地(航空団)の要撃管制室は、その動きをモニターする態勢に入る。たとえ、ずっと離れた遠くの事態であってもモニターをする。

なぜならスクランブルは、一か所の基地から要撃機が発進しただけでは済まないことも多いからだ。国籍不明機——大型の電子偵察機など——が日本の長大な海岸線に沿って長駆移動するような場合、こちらも沿岸の各基地から次々に新しい要撃機を発進させ、連携プレーでこれに対処する必要が生じる。いったん府中から〈ＳＣ〉が発令されると、国内すべての基地が必要に応じてアラート待機中のパイロットに『コクピット・スタンバイ』を命じ、中央指揮所から指示があれば、ただちに発進出来る態勢を整える。

防衛部長という役職は、航空団司令の下にあって、その航空団が作戦行動する場合に実際の指揮を取る。基地のアラート・ハンガーに、待機を命じる権限も持っている。日比野二佐が当直管制官から報告を受け、いち早く地下へ駆け降りて来たのは情況を把握するためであった。

だがもう一つ。

日比野が急いで降りて来たのには理由があった。

那覇からスクランブルで上がった二機の要撃機が、ここ小松の第六航空団から『移動訓練』名目で出張させていたＦ15と知らされたからだ。

「ご覧ください」

当直管制官が、前方の黒板のようなＣＧ画面、その中央の沖縄本島の上に重なるように現われた二つの三角形シンボルを指す。

「今、上がりました」

「あれか」

「はい」

二つの小さなCGの三角形は緑色で、レーダーがスイープする間隔ごとに少しずつ向きを変え、尖端を左手――西の方角へ向ける。じりじりと進み始める。地図上ではゆっくりに見えるが――

「CPから、バイゲイト上昇が指示されました。一番機・編隊長は風谷三尉。二番機は鏡三尉です」

「それは、間違いないのだな」

「は？」

「編隊長が風谷のほうで、間違いはないか、と確認している」

「その通りです」

管制官は、卓上のクリップボードを示す。

画面を左手へ進む、二つの緑の三角形シンボルには、目まぐるしく変化するデジタルの数値が添えられている。高度・速度、現在位置のデータだ。高度と速度は、一と十の位が読み取れないほど急速に増加する。バイゲイト上昇──アフターバーナーを使用しての上昇が、指示されているからだ。

それぞれの三角形の下に『BRCKN 1』『BRCKN 2』と小さく文字で表記されているのは、各々の機を識別するコールサインだ。第三〇七飛行隊の搭乗割は、ホームベースの小松にも届けられていて、管制卓に置かれたクリップボードに各機の搭乗員のTAC《タック》ネームが記載されていた。

「よし」

日比野はリストを一瞥《いっべつ》し、なぜかほっとしたようにうなずく。

「これでいい」

「は……?」

若い要撃管制官の二曹は、けげんな顔をするが、

「これでいい。こうでなければいかん」

まだ三十代半ばの日比野は、画面を見上げながらつぶやく。「こうでなければいかん」

という台詞は、半ば独り言だった。

制服の胸に、自らもウイングマーク（航空徽章《きしょう》）をつけた日比野は、小柄な背を伸ばすようにしてCGの情況画面を見渡す。

「それで、どこだ。アンノンは――？」

「たった今、識別されました。画面に出ます」

管制官の二曹が卓上で操作すると、前面スクリーンの画像が、沖縄本島をクローズアップしていた状態からぐっ、とバックして南西諸島から東シナ海全体を俯瞰《ふかん》する表示になる。

鹿児島県大隅半島の南端から、台湾の北端までが左右の視野に入る。

「あれです」

管制官が、横長の画面の左の方を指す。

「――？」

日比野は、目を凝らす。

かなり左――西の方だ。オレンジ色の三角形が一つ、ぽつんと出現していた。データリンクでここへ送られて来る統合情報システムの画像は、余計なものが排除され、正体の分かっている民間機などのレーダー・ターゲットは映り込んでいない。

シンボルのオレンジ色は『未確認』を意味している。

「あそこか……？」

「はい」

今、画面の左端から三分の一ほどの位置に出現したオレンジ色の三角形は、尖端を真下

――南方へ向け、じりじりと動いている。それを目がけて、画面の右端に近い位置から、二つの緑の三角形が横向きに移動して向かって行く。

一見してかなり遠い。

「あれが、国籍不明機です」

「――――」

「今のところ、単機と思われますが」

「――おい」

アンノン――国籍不明機の位置と、移動して行く向きを一瞥し日比野は目を剝《む》いた。

「おい、あの辺りは」

府中　総隊司令部・中央指揮所

「こいつは、何だ」

葵は、巨大な情況表示スクリーンを見上げ、唇を嚙んだ。

白い菱形シンボルは、今やオレンジの三角形に姿を変えていた。統合情報システムによって『脅威』と診断されたのだ。

位置は台湾を西に見る公海上、ＡＤＩＺ（防空識別圏）の線の内側三〇マイル。

「このアンノンは、どうやって内側へ入った？」

防空識別圏とは、日本列島の周囲をぐるりと囲み、領空線のさらに外側に空自が設けた『防空上の境界線』だ。国籍不明の未確認機《アンノン》が日本へ向かっている時、総隊司令部は当該未確認機がこのラインより内側へ入る前に正体を識別して、『要撃機発進の要否』を判断しなくてはならない。

そうしなければ、未確認機が悪意を持つ何者かである場合、要撃機を後で発進させても会敵する前に領空へ入られてしまう。

こいつは何だ。こんなＡＤＩＺの内側に、どうやって『いきなり』現われた……!?

「分かりません」

少し離れた席で、南西セクター担当管制官がインカムを付けた頭を振る。

「航空路アルファー・ワンを航行中のチャイナ・コンチネンタル一六一便のエコーから、突然〈分離〉して現われました」

「どこからの民航機だ」

「は、国土交通省からのリンク情報によれば、この便は香港発・成田行きです」

航空路アルファー・ワン。

香港を起点に、台湾の高雄・台北を経て東へ向かい、沖縄・南西諸島の北側を通過し、鹿児島から四国、紀伊半島の南端を経由して三宅島に至る。東南アジアと関西空港や成田を結ぶ〈空の動脈〉だ。成田を上空通過して、そのまま太平洋を北米方面へ向かう長距離便も多い。

そのアルファー・ワンを航行する民間旅客機のエコーの一つから、その未確認ターゲットはいきなり『分離』して、進路を真南に取り進み始めた。

葵が最初に思い浮かべたのは、民間機が何らかの原因で空中分解したのではないか、という危惧《きぐ》だったが――

「考えられるのは――小判鮫です」

「小判鮫……？」

だが葵が聞き返そうとする前に、

「先任、那覇のF《エフ》が上がりました」

別の管制官が振り向いて報告をした。

「バイゲイトで、西へ向けます。しかし――」

「分かってる」

「先任」

国土交通省との連絡担当官が、直通電話を手にしたまま報告する。

「那覇管制部が、ＣＣ一六一便とコンタクトしました。それによると当該機のパイロットは、香港出発以来、特に航行状態に異常はないとのこと」

「分かった」

「先任、那覇のＦに超音速の飛行許可を」

「先任、アンノンが急速に降下します！」

東シナ海　上空　F15編隊

「――！」

一瞬目の前が真っ白になり、何も見えなくなった――と思うと次の瞬間にはパッと視界が開け、紫に近い蒼穹《そうきゅう》の中に風谷はいた。

マッハ〇・九五。

高度スケールが吹っ飛ぶように上がっていく。

機首上げ四〇度の姿勢で、高層雲のレイヤーを下から上へ突き抜けたのだ――そう理解した時には、ヘッドアップ・ディスプレーの高度スケールは三〇〇〇〇を超す。

那覇の滑走路を蹴ってから、一二〇秒経《た》っていない。ビリビリ機体が震えるのは、アフターバーナーが燃焼し続けているせいだ。射出座席に納まった感覚では、機首上げ四〇度は『垂直上昇』に近い。もう目の前には蒼黒い空以外、何も見えない。

マイナス五六度――外気温度計の表示。

（――成層圏か）

もう地表から一〇キロメートル離れた。

高度三五〇〇〇フィートを超す。マッハ〇・九五を保って、なお上昇。

マスクの乾いたエアを吸いながら、風谷はほとんど仰向《あおむ》けの座席から後方を振り向いた。

（――――）

二枚の垂直尾翼の間に、下層雲の張りついた海面がまるで衛星から撮った写真のように見えている。あれはどの辺りだろう、沖縄本島から針路を真西へ向けさせられた。

どこへ連れて行かれるんだ……。

エアを吸いながら思う。

二番機の姿は見えない。どこか、下界の景色にまぎれているのか――こちらのアフターバーナーの火焔《かえん》を目印に、ついてきているはずだ……。

前方へ視線を戻す。

目の前には、透明な板のような多目的表示パネル――ヘッドアップ・ディスプレー。

緑色で数字や図形が浮かぶ。

パイロットは、目の前の計器盤の上、グレアシールドに載った形のヘッドアップ・ディスプレー（HUD）を通して前方を見て、機を操縦する。

前方の景色の上に、左側に速度スケール、右側に高度スケール、中央に飛行姿勢と飛行ベクトルを示す図形が、緑色に重なって表示される仕組みだ。

HUDには、さらに地上からのデータリンクで『進むべき針路』『上昇すべき高度』『維持すべき速度』が円や矢印の記号で示される。機の三次元での進行方向を示すステアリング・ドットを、浮かんでいる円の真ん中に保つようにすれば、交信をしなくとも風谷の機を接近中の未確認機へ出合うよう導いていく。

（――四〇〇〇〇か）

データリンクは、高度四〇〇〇〇フィートで水平飛行、そのまま超音速――マッハ一・四まで加速するよう指示している。針路は、二七〇度――真西。

超音速……。

ホット・スクランブルで上がり、超音速を出さなければ、間に合わないと言うのか。

風谷は、高度三七〇〇〇を超えたところで操縦桿を右手でゆっくり前方へ押し、機首を下げた。スムーズに操作しても、マイナスGで身体がふわっ、と座席から浮きかかり、こらえていると前方視界に下から青黒い水平線が戻って来て、機は海面を遥か下に見てどうにか水平飛行に入る。高度スケールが、四〇〇〇〇を少しオーバーしたところで止まる。

（……よし）

風谷はマスクのエアを吸いながら高度を修正し、同時に左手を通信パネルへ伸ばしてATCトランスポンダー（航空交通管制用自動応答装置）を切る。民間機も飛んでいる空域を突き抜けて上昇する時には、このATCトランスポンダーを働かせて国土交通省の那覇管制部にこちらの位置を知らせ、かつ民間機の装備しているTCAS（衝突防止装置）が働くようにしてやらねばならない（データリンクの指示に従っていれば民間機に異常接近することはないはずだが、念のためだ）。しかし自分の位置を信号で知らせるような装置は、この先は使えない。

スロットルはそのまま。アフターバーナーは炊きっぱなしだ。水平飛行に入ったせいで速度スケールはするする増加し、マッハ計が一・〇にさしかかる。速度スケールと高度スケールが一瞬、引っかかってジャンプするように見えたと思うと、すぐマッハ一・二。音速を超えるのに衝撃は感じない。だがHUDに現われるデータリンクの速度指示の矢印は、まだ上にある。マッハ一・四まで出せ——F15が胴体下に増槽タンクを吊《つる》した状態で出せる、最大の速度に近い。

(——よし絞ろう)

マッハ一・四ちょうどで、スロットルをフル・アフターバーナーから少し戻した。機体震動と、燃焼音が少し低くなる。しかし超音速を維持するには、アフターバーナーは使い続けなくてはならない。

ここはどの辺りだ——

水平線が円い。遥か下方、機首のノーズ・レドームの下に隠れようとしている三角形の島は宮古島か……。その向こうに寄り添うような島影は下地島。二つの島はすぐ機首の下に隠れ、見えなくなる。このまま西へ向かうと、人口の多い大きな島はここまでだ。ここから先は広大な海域に小さな島が点在するだけだ。

どこまで行くのだろう、手持ち燃料は……。本能的に燃料計を見ると、機体内タンクに一三〇〇〇ポンド、胴体下の増槽に——離陸前に七〇〇〇ポンドあったのが、もう四〇〇〇ポンドまで減っている。アフターバーナーのせいだ。燃料流量が大きい。

「——」

風谷は顔を上げ、三六〇度視界のきく涙滴型の風防から周囲を見回す。

と、いつの間にか右後方一〇〇フィートもない至近距離に、もう一機のF15がぴたりとついて浮いていた。

（……？）

一瞬、目を見開いた。

今まで、どこにいた。いや、いつの間に追いついた……？　気配を感じなかった。二番機だ。気配もなく、振り向いたらそこにいた。

見えた機体の大きさに、少し驚いたが、風谷はすぐ「これでは近過ぎる」と思う。

「鏡、スタガード。四マイルだ」

間隔を空けるよう指示をした。

あらかじめ編隊の通信用に決めておいた周波数に、短く言うと、

カリッ

ヘルメットのイアフォンに、マイクをクリックする音がして、二番機パイロットが『了解』を知らせて来た。『ツー』とも言わない。

（――――）

もうアンノンに向かってぐんぐん接近している。会話は、たとえ自分たちしか知らない

周波数であっても、少ないに越したことはない。

だが風谷は、ミラーに目を上げてまた「あいつ……！」と思う。右後ろの位置にぴたりとついて来ていたF15が、ふわりと浮くようにしながら減速し、後方へ下がって間隔を取る。たちまち成層圏の蒼色の中へ溶け込んで行く。

(あいつめ――)

指示通りにするのはいい――しかし編隊のパートナーに了解を表明する時、『ツー』と言わずに無線マイクのクリックだけで済ませるのは、ふつう先輩が後輩に対してやることだ。

「まったく――」

酸素マスクの中でつぶやく。

誰も、アラートであいつと組みたがらないって聞いたけど……。

いや、余計なことを考えている暇はない。

用心しなくては……。

(――もしも)

編隊の間隔を広く空けたのは、自分自身の『経験』によるものだ。

もしも迫ってくるアンノンが――

風谷は、視線を前方の遠い水平線に配った。

突然のホット・スクランブルという情況が、その思考をさせた。

（――迫ってくるアンノンが、もしも〈奴〉だったら……）

那覇基地　南西航空混成団　司令部地下・要撃管制室

「ブロッケン編隊が、間隔を空けます」

情況表示画面を見上げながら、那覇基地の要撃管制官が言った。

「高度四〇〇〇〇。超音速です」

ここ那覇の司令部地下でも、要撃管制室ではたった今発進させた要撃機二機の行動が、情況表示スクリーンでモニターされていた。

すでにブロッケン編隊は、府中の中央指揮所の指揮下に入っていたが、那覇から発進させた編隊なので、交信を傍受することは出来た。

風谷がUHF無線で二番機に発した短い指示も、宮古島のリモート・ステーションを介して中継され、ここでは聞こえていた。

スクリーンでは、緑色の二つの三角形が前後に並び、横向きに進んで行く。

「やはりアンノンが向かっているのは、あそこか――？」

南西航空混成団の防衛部長が、管制官の席の後ろに立ち、スクリーンを仰いで訊いた。

画面の一方の左端に現われているオレンジの三角形は尖端《せんたん》を真下に向け、じりっ、じりっと進む。

「アンノンは、あそこへ向かっているのか？」

「はい。防衛部長」

管制官がうなずくと、防衛部長の二佐は「うう」と唸って、管制卓の横に置いてあったクリップボードを掴み、書類を急いでめくった。

「確か、今日あそこでは――」

その様子を、管制室の後ろに立って、火浦と月刀が見ていた。

出動した二機は、小松の所属だったが、二人はここでは『移動訓練』として邪魔をしている客分なので、オブザーバーとして後ろで見ているしかない。

スピーカーからは、ざらついた風谷の『スタガード。四マイルだ』という声、それに対して二番機の鏡三尉がカリッ、とマイクを鳴らして応ずるのが聞こえた。

「うむ。四マイルとは、絶妙の間隔だ」

月刀が腕組みをして、うなずく。

「考えたな、風谷」

「あのアンノンが向かっているのは、やはり尖閣諸島なのか」

火浦がサングラスのまま、スクリーンを見上げて言う。

オレンジの三角形は、依然尖端を真下――南へ向けて進む。

このままでは、スクリーン上で目測しても、宮古島のやや北西に位置する尖閣諸島の魚釣島へ数分で到達する。魚釣島の周囲一二マイルの円形空間は、日本領空だ。

「嫌でも、思い出すな」

「はい。突然のアンノンの単機飛来と、尖閣諸島……。ただ、あれが〈奴〉だとすれば、出現して来た方位が二年前とは――」

そこまで言いかけた時、月刀の飛行服の袖のポケットが振動した。

いかん、携帯を切り忘れていたか――という風情で袖ポケットから取り出した携帯電話のスイッチを切ろうとして、月刀は「？」という顔になる。

「――？」

携帯の画面に表示された発信者の登録名を一瞥して、驚いた顔で月刀は火浦に「すみません」と言う。

「すみません火浦さん、一瞬、失礼します」

月刀は、要撃管制室の耐爆扉を肩で押すようにして通路へ出ると、携帯を耳に当てた。

「おい、どうした」

東京　霞が関　外務省

「俺だ、月刀」

外務省の本庁舎、十階。

真昼の陽が差し込むオフィスの、窓を背にした席で、ワイシャツの袖をまくった目の鋭い男が受話器を持っている。

周囲はさざめく広大なワンフロア。男の席の頭上からは〈アジア大洋州局〉というプレートが吊り下がっている。

短く刈り込んだ髪に、切れ長の鋭い目は、官僚というよりも昔のカンフー映画の俳優を想わせる。

「外務省の夏威《なつい》だ」

『それは分かっているが――あ？　外務省？』

電話に出た相手――月刀慧は、一瞬わけが分からない、という声になる。

『お前、防衛官僚だったはずだろ。いつから外交官にくら替えした、夏威』

「一年もたてば、いろいろある」

夏威総一郎《そういちろう》は、机上の白いネーム・プレートを指で持ち上げ、コトンと音をさせた。プレートには『地域政策課長補佐』と彫られている。

「省庁間人事交流というやつで、半年前に防衛省から出向した。アジア大洋州局で、地域政策課長補佐をしている」

『地域――』

「要するに、外務省を実質的に支える、外様《とざま》の外交官の一人になったわけだ。それでな」

『何だ』

「単刀直入に訊きたい」

『な、何だ』

「そっちで何か」夏威総一郎は、少し声を低める。「今この瞬間、何か、やばいことは起きていないか？　月刀」

『　　』

那覇基地　司令部地下

「――やばいこと……!?」


一年ぶりに突然電話をかけて来たと思えば、これだ……。

月刀は、電話の向こうの問いかけに、眉をひそめた。

夏威総一郎という男は、月刀の高校時代の同級生だ。

同じ剣道部で、好敵手でもあった。

しかし月刀が地元高知の県立高校から航空自衛隊へ航空学生として入隊したのと対照的に、夏威は、東大法学部へ進んで官僚となった。

高校時代のある出来事が発端で、一時は絶交状態となっていた二人が再会したのは、今から五年前の『国籍不明機沖縄領空侵犯事件』のさなかだ。沖縄本島へ謎《なぞ》の電子偵察機フエンサーが突然飛来し、強行偵察を行なった。それは、その後連続して起きる、謎のテロ組織〈亜細亜のあけぼの〉による一連の日本攻撃の端緒でもあった。

夏威総一郎は、キャリア防衛官僚となって久しぶりに月刀の前に姿を見せ「戦闘機の操縦がうまくて何になる、国を護《まも》っているのは官僚と法制度だ」というような言葉を口にして、また月刀を怒らせたのである。

『いいか月刀、教えてくれ。重要なことだ』

電話の向こうで、東京にいるらしいかつての同級生は声を低め、繰り返す。

『そっちで何かやばいことは、起きていないか？』

何か起きていないか――って……。

「――――」

野性味のある彫りの深い横顔で、月刀は絶句する。

それは、まさに起きかかっているが――

『お前、今、移動訓練名目で那覇にいるんだろう』

「ど――」

『どうして分かるかって、俺は外交官の皮は被《かぶ》っても、あくまで防衛官僚だ。古巣との連絡は絶やさない。お前が三〇七空を率いて、そっちへ行っていることは把握している。答えろ』

「――こ」この野郎、という台詞を月刀は呑み込んだ。

言ってしまって、良いものか。

要撃管制室で見聞きしたことを、電話で外部へ話すことなど通常は考えられない。

しかし、相手は（出向してはいても）防衛省本省の幹部で、霞が関で何か良くないことの兆候を摑み、月刀に直接問い合わせて来たのだ。

どうする。

月刀が唾《つば》を呑み込むと、

『実はな、本省の防衛政策課にいる同期が教えてくれた。昨夜から防衛副大臣が、妙な動きをしている』

夏威は畳み掛けて来た。

「――な、何？」

月刀は聞き返す。

急に政治家の動きなど言われても、よく分からない。

『月刀、お前も知っているだろう、主権在民党《しゅけんざいみんとう》の――』

その時、

「おい」

「おい消えたぞ」

「どうしたっ⁉」

ふいに月刀の背中で、叫び合う声が起こった。

「アンノンがスクリーンから消えたぞっ」

「何が起きた!?」

4

府中　総隊司令部・中央指揮所

「アンノンが消えましたっ」

劇場のような地下空間の巨大な前面スクリーンで、尖端を下に向け、降下しながら南進していたオレンジの三角形がフッ、と消滅した。

「おい、どういうことだ」

葵一彦は先任指令官席で、全員に通じるインカムのチャンネルに問うた。

「なぜスクリーンからアンノンが消えた――!?」

民間機の陰に隠れるようにして、日本の防空識別圏の内側へ入り込んで来た国籍不明機。

どこから来たのか、正体も目的も分からない。

〈小判鮫〉──と要撃管制官の一人は表現した。その未確認ターゲットは高高度からまっしぐらに降下しつつ、真南へ進んでいた。

スクリーン上で進行方向へ予想ベクトル線を伸ばさせると、その線はまっすぐに尖閣諸島・魚釣島を貫いた。島の周囲一二マイルの円形の日本領空へ、オレンジの三角形はまるでシャボン玉に針が突き刺さるように向かっていた。

『先任』

他省庁との連絡を受け持つ連絡幹部が、インカムに報告してきた。

アンノンの向かう先が概《おおむ》ね予想されてから、情報を検索させていたのだ。

『やはり海保との連絡情報リストに、記載があります。尖閣諸島・魚釣島周辺では本日より、海上保安庁の測量船〈照洋《しょうよう》〉による海底地形調査が行なわれます。もう始まっている頃です』

「分かった」

葵はまたスクリーンに目を上げる。

オレンジの三角形が突如、見えなくなったのは──統合情報システムのトラブルではない。その証拠に、那覇からホット・スクランブルで発進させた二機のF──F15ブロッケン編隊の二機を示す緑の三角形二つは、横向きに宮古島を飛び越え、尖閣へ迫る。その動きは引き続き表示されている。

葵はもう一度、全員へのインカムに言う。

「アンノンが低空へ降りたのは承知だ。宮古島のレーダー覆域の下側へ、潜ったのだろう。E767はどうした。レーダー監視情報を早くリンクしろ」

地上の対空監視レーダーは、水平線よりも下側へ隠れた飛行物体を探知出来ない。直進する電波が、届かないからだ。

アンノンが海面すれすれの超低空へ降りると、沿岸より二〇マイル以内に近づかなければ地上レーダーは探知が出来ない。その死角を『潰す』ため、警戒航空隊所属のE767早期警戒管制機が、南西諸島空域を滞空監視しているはずだ。

E767からのデータリンクが、一時的にうまく行かないのか……？

だがそこへ、

「せ、先任、大変ですっ」

総隊連絡幹部が、振り向いて直接叫んだ。どこかと通話していたのか、部隊運用通話回線の受話器を握り締めている。

「大変です、南西諸島にE767がいません」

「いません――? いませんとは、どういうことだ」

航空自衛隊が四機保有しているE767――機体の背に円盤型レーダーをつけた早期警戒管制機は、こういう遠方の防空上の死角を『潰す』ため、隠密裏に日本の周囲を巡回して任務についているはずではないのか。

たまたま、任務交代の時期に当たったのか。

しかし、

「そ、それが……。全機、昨夜浜松へ引き揚げています。〈特別帰投命令〉です」

「な」

葵は、耳を疑う。

何だ、それは――!?

「おい意味が分からん、もう一度言え」

特別――何と言った……?

「はっ」連絡幹部は繰り返す。「昨夜、警戒航空隊所属のE767、E2C全機に〈特別帰投命令〉が出され、航空自衛隊のすべてのAWACS、AEW機は浜松基地へ引き揚げた模様です。今現在、任務についている早期警戒機はいません」

「い、いません――って……」

港区　麻布十番

「何も盗《と》られていない……？」

都心の港区だけあってか、警官は数分でやって来た。

秋月玲於奈の十階の部屋。

マンションの受付コンシェルジュの女性に先導され、肩に無線機を付けた二名の制服警官が急いで上がって来た。

しかし、無線で『空き巣被害』と報じられて駆けつけた制服警官は、迎えた玲於奈の説明にけげんな顔をする。

「え？　空き巣じゃないの？」

「はい」

「盗られていないの。何も？　もう一度訊くけど」

「は、はい」

玲於奈は、十八畳あるリビング中央のテーブルを指して、もう一度説明する。

「あの、盗られたんじゃなくて――これが置いてあったんです。さっき、わたしが徹夜の仕事から帰ってみると、この縫いぐるみがテーブルの上に、このままの姿勢で」

人間の子供くらいあるネズミのキャラクターの縫いぐるみは、テーブルに腰かけた姿勢のまま静止している。

気味が悪いので、手を触れずにそのままにしていた。黄色い四本指の手袋が両手で差し出すようにする封筒も、そのままだ。

〈INVITATION〉

その向こうで、テレビの画面がニュースを流している。

『――次のニュースです』

テレビは、警官が来るまでの間、部屋の静寂が怖くて、リモコンでスイッチを入れたのだった。部屋から通路へ出るのも怖かったが、笑う表情の巨大な縫いぐるみと音のしない中で一緒にいるのもたまらない。

「これが、ここに置いてあったんです」

「置いて、ねぇ」

貴重品を盗られた、という住民の訴えは多いのだろう。

しかし何者かが何も盗らずに『置いていった』という秋月玲於奈の説明は、警官にはうまく呑み込めないようだ。

「昨夜から、さっきにかけて、誰かがこの部屋に侵入して、これを置いていったんです」

玲於奈は訴える。

「わたし気味が悪くて。誰かがまだ部屋のどこかに、潜んでいるんじゃないかって――」

「う～ん」

不審者が潜んでいるかもしれない、という玲於奈の訴えで、警官はすぐ玲於奈に先導させてバスルームや寝室、ウォークイン・クローゼットを開けてチェックした。若い方の警官が腹ばいになって、ベッドの下まで見てくれた。

しかし人けはない。

「不審者は、基本的に入れないはずです」

ついて来ていた受付の女性が、硬い表情で言う。

「受付には二十四時間、係員がいて、居住者でない人が通ろうとすれば分かるようになっています。各所の防犯カメラも、二十四時間録画しています」

「まぁ、カメラの映像は、後で必要に応じて出して頂くとして」

警官の年長の方が、腰に手を当てた。

「窓ガラスにも、割られたところはないし――ええとあなたね、鏡さんね。徹夜明けで帰って来られたと言ったね。昨夜、自分で置いたのを忘れていたとか、そういうことはない？」

「ないです」

玲於奈は頭を振る。

警官の腰の拳銃が、目に入る。

刑事の役をしていたから、リボルバー式のピストルを手にしたことはある。でも自分が役で振り回したプラスチック製の小道具より、本物は黒光りして重そうだ。

「ずっとスタジオで、仕事をしていたんです。そんな縫いぐるみ、知りません」

「縫いぐるみ、ねぇ」

若い方の警官が、つぶやきながらテーブルに腰かけた格好のネズミのキャラクターを摑み、無造作に持ち上げようとした。

玲於奈は息を呑んだ。

「ちょ、ちょっとそれ……！」

「え？」

若い警官は、縫いぐるみを軽そうに振って見せる。

「何ともない。普通の縫いぐるみだよ。手に封筒を持っているな、何だろう」

「親書は開封するなよ」

年長の警官は釘《くぎ》を刺し、玲於奈に向いて言った。

「鏡さんね、とりあえず調書を作成しますからね。住所とお名前、ここに書いて」

「あれ、鏡さんて、あなたひょっとしてテレビに出ている人……？」

若い警官が、玲於奈の顔を見て言った。

笑った。

「見覚え、あると思ったよ。そうか、女刑事やってたでしょ」

「は、はい」

「そうなの。芸名なんだ。テレビ出る時は」

警官の対応には、緊張感がなくなった。

盗られたものが、何もないせいだろうか。

縫いぐるみを取り除いたテーブルで、調書を書かされる玲於奈の横で、テレビのニュースが続く。

『――続いて北京から中継です。さきの衆院選で劇的な政権交代を果たし、与党となった主権在民党の大訪中団は、たった今北京に到着して中国側の歓迎を受けました。国会議員百四十名を含む、実に六百余りの大訪問団を率いる淵上《ふちがみ》主民党幹事長は早速、出迎えた中国側代表と笑顔で握手を交わし――』

府中　総隊司令部・中央指揮所

「と、〈特別帰投命令〉だと……⁉」

葵は、報告を聞いて声をあららげた。

わけが分からない。

どうして、そんな真似を――日本の周囲の広大なレーダーの死角をカバーする早期警戒機を――E767もE2Cもひっくるめて、どうして全機帰投させ引っ込める必要があるのか。

誰がそんなことを、やらせているのか。

「そんな馬鹿な命令を、いったい誰が出したっ⁉」

「分かりませんっ」

「くっ――」

葵は、わけの分からなさに唇を嚙む。

総隊司令部の先任指令官は、現場の指揮官であり、そんなに上級の幹部ではないが――

しかし俺のまったく知らないところで、どうしていつの間に、そんな馬鹿な〈命令〉が……。


「先任」

南西セクター担当管制官が、振り向いて怒鳴った。

もうインカムなど使っている場合ではない。

「アンノンをロストしたので、もうデータリンクで誘導が出来ません！」

「分かってる」

葵も怒鳴り返す。

「那覇のFは、取り敢《あ》えず音声誘導で魚釣島へ指向しろ。あとは機上レーダーで、アンノンを捜索、インターセプトさせろ」

「了解！」

「那覇基地へ、ゼロツー・スクランブルだ。待機中の次の編隊を、バックアップとしてただちに発進」

「はっ」

「連絡幹部。海保へ至急連絡。尖閣で行動中の測量船に、警戒するよう伝えろ」

「はっ」

指示を与えた部下たちが一斉に仕事にかかると、

（――――）

葵は、自分の先任指令官席のコンソールにある、赤い受話器を見やった。

地下四階のここから、地上の司令部へ連絡することが出来る。今回のようにホット・スクランブルを発令した場合は、速やかに総隊司令官へ報告をいれるよう、司令部の規定では定められている。

（――規定か……）

舌打ちしたくなる。

また、〈規定〉を呼ぶのか……。

すでに上に座っているのは、〈親父〉ではない。

江守空将補は、定年・退官されてしまった。

現在、その総隊司令官職を務めているのは――

「――ちっ」

舌打ちしたが、葵は赤い受話器を取る。

東シナ海　上空　F15編隊

「――!?」

データリンクが消えた。

F15戦闘機、一番機コクピット。

ヘッドアップ・ディスプレーで方向指示円がスッと下がり、『降下』を示した――と思った瞬間、前触れもなくデータリンクの指示記号が消えた。

（う――どうした……!?）

風谷はマスクのエアを吸い、HUDの表示機能に異常がないか、見回した。ほかの飛行パラメータ――速度や高度や機体姿勢は、正常に表示されている。ディスプレーの故障ではなさそうだ。

いったん指示に従い機首を下げかけたが、どうすればいいのか……？　とりあえず速度が出すぎないよう、スロットルを少し絞る。超音速で、すでに十分は飛んだ。マッハ一・五を超えないようにしないと――増槽をつけたままの制限速度だ。いや、そろそろ増槽も空か……。

「鏡一」

風防の枠のミラーにちらと目を上げ、後方四マイルのどこかにいる二番機を呼んだ。

「そっちにデータリンクは出ているか?」

『ツー、ネガティブ』

出ていない、という返事。

(――――)

データリンクの、一時的な不具合だろうか。かなり遠くまで進出してきたが――しかしUHF回線は、宮古島のリモート・ステーションを介せば、まだ維持できているはずだ。音声通信で、CCP(中央指揮所)を呼んでみるか――? いや、リンクがすぐに回復するかもしれない。

スクランブルでは、要撃機はなるべく通信電波を出さず、レーダーも出来る限り使わずにアンノンへ接近して行く。それがセオリーだ。国籍不明機の乗員が、ハッと気づいた時には横に日本の戦闘機が並んで飛んでいた――という形勢を得るのがベストだ。相手に対し優位に立つだけでなく、日本の要撃能力を示すことで、国際紛争の抑止力になる。

どうする。とりあえず降下しつつ、様子を見るか。一分間も待って、リンクが回復しなければ、自機のレーダーを使って前方を索敵してみるか……?

そう思った矢先、中央指揮所が呼んで来た。

『ブロッケン・フライト、ディス・イズ・ＣＣＰ。ナウ、ベクター・トゥ・ボギー。フライ・プレゼント・ヘディング、ディセント・ワン・ゼロ──あぁ、ちょっと待て』

早口でまくしたてた。

ＣＰの要撃管制官か。声が若い、俺と変わらない歳《とし》だ……。

データリンクが途切れて、すぐに呼んで来たということは──やはりシステム・トラブルなのか? 無線は通じる。リモート・ステーションを経由して、東京の府中とクリアに繋がっている。

『ブロッケン・フライト、日本語で伝える。現在のヘディング（機首方位）で急降下、五〇〇〇フィートへ降下しつつレーダーを使用し索敵せよ。ボギー（要撃目標）はアプロックス・トゥウェルブ・オクロック、レンジ、アプロックス・ワンフォーゼロ・マイル。速度はそちらの判断で亜音速へおとせ』

「──!?」

要撃管制官が「アプロックス（約）」などという用語を使うのを、風谷は初めて耳にした。おおむね十二時方向、おおむね一四〇マイル前方にアンノンがいる模様、自機のレーダーを作動させて捜せ――

まさかCCPは、アンノンをロスト（失探）したんじゃないだろうな……？　万が一にも、あり得るはずはない。

ここから先には尖閣諸島がある。また北方の日中中間線の向こうでは、中国の天然ガス採掘施設が林立し、中国軍の艦艇が活発に活動している。このようなデリケートな空域を、警戒航空隊のＥ７６７が監視していないはずはないが――

「――ラジャー」

とりあえず風谷は返答すると、機首をさらに下げた。急降下、と言われた。四〇〇〇〇で飛んで来たのが、いきなり『五〇〇〇に下げろ』――？

『ボギーは推定、海面高度へ降りている。そちらのレーダーにてコンタクト（探知）出来たら知らせよ』

「――――」

す、推定……？

『ブロッケン・フライト、コピー（指示を了解）したか』

「あ、ラジャー。報告する」

やはりアンノンの位置は、分からなくなっているのか。

風谷は、ミラーにまたちらと視線を上げる。

鏡は、ついて来ているか――？

四マイル離れろ、と言ったので、背後の蒼《あお》い空間のどこかに紛れている。

一見して所在が分からなくなったが――これでいい。

（――――）

風谷は左手でスロットルを戻し、レバーを絞り切ってアイドル位置へ。背後でアフターバーナーが燃焼をやめ、エンジン回転が下がり、ゆっくりと推力がアイドリングにおちて行く。

コクピットを包む、風切り音。

バーナー・オフ、と二番機に知らせるためコールしようとして、やめた。鏡のことだ――こちらの排気の焔《ほのお》が消えるのを見て、自分も減速を開始するはずだ。

機体を前方へ突き飛ばし続けるようなアフターバーナー推力がなくなり、F15は空気の中を泳ぐように減速する。たちまち亜音速へ。滑空降下だ。機首姿勢はマイナス一五度、コクピット視界の下半分が海だ。降下率・毎分一〇〇〇〇フィート。青色の巨大な壁がぐんぐん目の前に迫る。白波があちこちに散っている。

「――――」

左手の中指の操作でレーダーを入れ、広域捜索モードに。ＡＰＧ63パルス・ドップラーレーダーのルックダウン機能が、前方の海面反射の中から『動く飛行物体』の存在をさらう。

いた。

（……！）

風谷の眉が、バイザーの中で動いた。

八〇マイル前方。

コンタクトした。

白い菱形が一つ、ぽつんとレーダーのディスプレー正面に出現した。

こいつが、アンノンだ……。中指でレーダーの操作ボタンをクリック。測定された目標の高度はほぼゼロ、速度四〇〇ノット、加速度一Ｇ。何だ、こいつは――

那覇基地　地下　要撃管制室

「ブロッケン編隊もレーダーから消えました」

要撃管制官が、情況表示スクリーンを見上げて言う。

風谷たちの二機のF15も、高度を急激に下げたため宮古島のレーダーに映らなくなった。

これから先は、編隊長の風谷が音声で報告してくる情報がすべてだ。

天井の上に轟音《ごうおん》がして、後続の二機のイーグルが地上の滑走路を上がって行くのが分かったが、これから向かうには尖閣は遠い。

「――くそっ」

月刀は、結局夏威との通話を「後で話す」と断って切り、要撃管制室内へ戻っていた。

自分の受け持つ二名のパイロットの搭乗機が、スクリーンから消えてしまった。何も映っていない尖閣諸島の辺りを、歯噛みして見上げた。

「いったいE767は――警戒航空隊の連中は、何をしているんだっ」

「分かりません」要撃管制官が、管制卓の情報画面をスクロールさせながら頭を振る。

「現在AWACSが南西諸島空域に一機もいないことは、確かです。理由は分かりません」

「——あそこは」

火浦がつぶやく。

「二年前、海保の〈くだか〉が沈み、海自の〈きりしま〉が撃沈され、八四飛行隊の南部一尉が撃墜された場所だ」

「〈奴〉なのでしょうか」

月刀が唸る。

「〈亜細亜のあけぼの〉は、ここしばらく姿を見せないが」

「うむ——」

そこへ、

『ブロッケン・ワン、ボギーをコンタクト（レーダーで探知）』

スピーカーから風谷の声。

マスクのエアを呼吸しながらの報告だ。速いペースで酸素を吸う音が交じる。

『シングル・ターゲット（単一の反応）、レンジ・エイト・ゼロ、海面高度だ。これよりインターセプト（接敵）する』

東シナ海　上空　F15

こいつは、何者だ――

レーダーに現われた白い菱形――単一の目標を、目にした時。

（――まさか、〈奴〉なのか）

風谷は思った。

同時に
「――うっ」

ふいにまたみぞおちを襲った、錐《きり》で突くような痛みに、風谷はマスクの中でうめいた。

痛っ……。

しまった――

また、この腹痛か……！

くそっ、しっかりしろ。

前方視界に、青い壁のように海面が迫る。「しっかりしろ」と自分に言い聞かせ、風谷は歯を食いしばって操縦桿を引き、機首を起こす。

ぐうっ、と海面が下向きに流れ、腹にGがかかる。

風谷のイーグルは、急降下から水平飛行に入る。

腹痛のせいで引き起こしが一呼吸遅れ、沈降が止まった高度は一〇〇〇フィート。

速度五〇〇ノット。

「――――」

歯を食いしばり、スロットルを出す。水平飛行をキープ――低空だ。機首のすぐ下を青黒い海面が猛烈な勢いで前方から足の下へ呑み込まれる。一〇〇〇フィート（三〇〇メートル）という高さは海面すれすれに感じる。

くそっ。どうして俺がアラートの順番の時にだけ、こういう相手が現われるんだ……!?

すると、
死神に連れて行かれる順番が、後になっているだけさ。

頭の片隅で、何かが言う。

この声は、誰だ――

思わず風谷は、左右を見る。

川西か。矢島か……。

〈奴〉に――確か日本語で〈牙〉とか名乗った――〈亜細亜のあけぼの〉の謎のパイロッ

トに殺された航空自衛隊の仲間の数は、片手では済まない。

（――――）

ディスプレー上の白い菱形はぐんぐん近づく。

四〇マイル。

これは〈奴〉なのか……!?

もし赤外線誘導の中距離ミサイルが飛んで来るとするなら、もうすぐだ……。

風谷はレーダーと、コンソール右上のＴＥＷＳ（脅威表示装置）ディスプレーを見る。

二年前の原発が襲撃された事件では、〈奴〉の放った赤外線中距離ミサイルに二機のＦ15が、他に海面すれすれをホヴァリングする敵の大型ヘリから放たれた同じミサイルでまた四機が、何の前ぶれを感ずる暇もなく、不意打ちで撃墜され空中から消滅した。

もしも、今やって来る勢力がテロ集団〈亜細亜のあけぼの〉で、今回はどういう目的なのか知らないが前回と同じ布陣を敷いていたら……。

「……くっ」

風谷は、目を皿のようにして前方視界を探る。青い空間の、どこかに、レーダーに映らない大型ヘリは浮いていないか……？　肉眼で空中の飛行物体を視認出来るのは、一五マイルが限界と知ってはいるが——パルス・ドップラーレーダーには、運動速度を持たないホヴァリング中のヘリコプターが映らない。海中から突き出す岩礁と区別出来ないからだ。まっすぐ飛来する小さなミサイルも、投影面積が小さ過ぎて映る保証は無い。

同じことが起きるとしたら——俺はあと数秒後には、味方のレーダー画面から一言も発せず消えるのかもしれない。爆発し、空中に破片と共に飛び散り、跡形もなく……。

風谷は肩を上下させ、マスクのエアを呼吸する。その対策として——二番機の鏡を四マイル後方へ下げたのだ。これでいいはずだ……。俺がたとえミサイルにやられ消滅しても、四マイル離れた後方にいれば、鏡は回避して逃げられる。二番機は生き残り——何とかして、任務を果たしてくれるだろう。

(——任務、か……)

任務。

日本の安全を護ること、か……？

そんなこと……。風谷は息をつく。自衛隊は、やめようと思えばやめられるのに、俺はどうしてF15で飛び続けているんだろう……。

日本を護りたいからか？　そういう理由じゃない。

汗が目に入る。バイザーの下で目をしばたたく。俺は、どうして——イーグルに乗っているんだったっけ……。中学二年の時に航空祭で見上げてから、あれに乗るんだと決めて──それしか考えて来なかった。他のことなんか考える暇は──

ピッ

白い菱形は二〇マイル。ぐんぐん接近する。

（────）

こいつ、何をしている。

進行方向がでたらめじゃないか？　さっきから、同じところをぐるぐる廻って──

「──!?」

その時。

これ以上ないくらい、空中に浮いている物体はどんな小さなものでも逃すまいと見開かれた風谷の目に、何かが映った。水平線の上、何かが現われた。黒いぎざぎざに尖《とが》った山のようなもの──

あれは、

（……島か？）

見覚えがあるシルエットだ、あれは──写真で何度か見た。

黒い横長に尖った、島影。島はF15のレーダーには映らない。パルス・ドップラーレーダーが捉えるのは『空中を動いているもの』だけだ。

島影は視界の真正面、ぐんぐん近づいて来る。

レーダー上の白い菱形ターゲットは、どうやら島の周囲を不規則な軌道を描いて、超低空で飛び回っているようだ……。

こいつは、何だ。

風谷は眉をひそめ、レーダーのディスプレーと前方から急速に近づく島影を見比べる。

〈奴〉なのか……？

そこへ、

『ブロッケン・ワン、ボギーをビジュアル・コンタクトしたか』

CCPの管制官の声。

府中の地下で、椅子《いす》に座っている顔も知らない若い要撃管制官だ。

『ブロッケン・ワン、聞こえるか』

5

尖閣諸島　魚釣島　測量船〈照洋〉

「また来ます！　また来ますっ！」

海上保安庁所属・測量船〈照洋〉。

全長九八メートルの最新鋭・大型測量船である。

海底地形調査のため、二日前に東京港を出航した〈照洋〉は、今朝早く尖閣諸島・魚釣島周辺へ到達して、予定通り作業を開始していた。

目的は、尖閣諸島周辺の『精密な海底地形図の作成』である。

音波海底測量は、〈照洋〉の船尾からワイヤーでサイドスキャン・ソナーと呼ばれる装置を曳航《えいこう》し、海底からの反射波を測定することで行なう。そのため雑音を出さないよう、〈照洋〉は測量作業時には蓄電池による電気モーター推進で航走する。収集した反射波をコンピュータで解析すると、海底地形の三次元モデルが自動的に出来上がって行く。

今回の海底調査は、前年度の自由資本党政権のときに事業予算が確定し、〈照洋〉のスケジュールが空くのを待ってようやく開始された。

これにより、尖閣諸島周辺の海底地形図が精密に作成され、今後の資源探査に役立てられるだけでなく、新たに発見された海底の山や谷には日本語の地名が付けられる予定であった。もちろん地形図が整備されれば、海上自衛隊の潜水艦はいっそう行動しやすくなる。

ところが今回の〈照洋〉の出発に当たっては、さきの政権交代で与党となった主権在民党の咲山友一郎《さきやまゆういちろう》総理大臣が「訪中団を向かわせるこの時、中国との友好関係に影響しかねない海底調査はいかがなものか」と『懸念』を表明し、その意を受けたかのように穴盛《あなもり》国土交通大臣が『調査中止』をいったん指示、それを超党派の議員でつくる〈尖閣諸島の日本主権を護る議員連盟〉が強く抗議して押し返すという、ひと騒動があった。

出発予定が半日遅れ、マスコミの中継のライトに照らされるようにして深夜の東京港の埠頭《ふとう》を離れた〈照洋〉は、その後は順調に二昼夜を航走して、第一測量予定海域の魚釣島へ到達したのだった。

だが——

「また来るぞっ、右舷前方、海面すれすれを直角に来——うわっ」

ズババババッ
白い壁が、〈照洋〉の船首前方五〇メートルに出現した——と思うと、暗緑色の影が船《ブリ》橋《ツジ》のすぐ前を恐ろしい疾さで右から左へ飛び抜けた。

ズドンッ

「うわ」

「うわぁっ」

ぐらり、と三〇〇〇トンの船体がピッチングする。船橋に立っていた白い制服の士官たちがふらついて支柱につかまる。

「な、何だ、な——」

ざばざばざばっ

一〇ノットで定速直進していた〈照洋〉は、直前方に突如出現した白い『壁』に船首から突っ込んだ。それが二三ミリ機関砲弾が連続して海面をえぐった水柱であることを、船橋の乗組員たちはまだ理解出来ない。『襲撃』は突然だった。

水柱となって噴き上がった海水は、まるで暴風雨の中を突き進む時のように船橋の窓に覆い被さり、ぶつかるように降りかかって、前方視界が一瞬真っ白になる。

「せ、戦闘機ですっ」

左舷のウイング・ブリッジに出て双眼鏡を目に当てた若い士官が、ずぶ濡《ぬ》れになりながら叫んだ。

「あれは戦闘機です、船長！」

「どこの国の戦闘機かっ？」

〈照洋〉が、突如上空から飛来した暗緑色の戦闘機に銃撃されたのは、測量作業を開始して間もなくのことだった。

どこからやって来たのか、機影は単独で、黒っぽい排気の筋を曳《ひ》きながら反復して襲って来た。

白い制服の肩に階級章を付けた船長は、指揮席のコンソールに両手でつかまりながら左舷側の窓を目で追うが、すぐ機影は船の後ろ側へ廻り込む。

「分かりませんっ」

双眼鏡をつかみ、左舷・右舷の見張り用ウイング・ブリッジへ出た船橋士官たちが口々に報告をする。

「速いです。低空で、旋回していますっ」

「尾翼が二枚、国籍マークは――ええい、速くて見えないっ」

「来るぞっ」

「旋回して、また来ま――うわっ！」

ズバババババッ

一〇ノットで進む〈照洋〉の船首のすぐ前方を、右舷からまた猛烈な速さで暗色の機影が近づき、垂直尾翼の二枚あるシルエットの下部でキラキラ閃光《せんこう》が瞬いた。同時に壁のような水柱が測量船の船首を真っ白に包んだ。さっきより近い。

ズドンッ

船首マストをかすめるように暗緑色のシルエットが通過したが、その姿をはっきり見られた乗員はいなかった。

ざばざばざばっ

「うわ」

「わぁっ」

「せ、船首すれすれですっ」

コンソールにつかまりながら航海士が叫んだ。

「おそらく、機関砲です。実弾で、銃撃されている！」

「ぬ、ぬう。いったいどこの――」

船長が歯嚙みして唸るが、

「船長っ」

通信長官が、後方のコンソールから叫んだ。着席した通信士からヘッドセットを借り、身体を支えた姿勢で耳に当てている。

「あの戦闘機からと、思われます。国際緊急周波数で、何か言って来ています！」

「何だとっ？」

「スピーカーに出しますっ」

府中　総隊司令部・中央指揮所

「なぜ通報に時間を要したのかっ。先任指令官!?」

〈規定〉は、地下四階までただちに下りて来ると、開口一番に葵を叱責《しっせき》した。

地下空間のスポット照明に肩の階級章を光らせ、トップダイアス中央の席から怒鳴り降ろして来た。

「司令部の規定では、ホット・スクランブル発令時には遅滞なく総隊司令官へ報告、となっているはずだろうっ」

「は」

いや、あんたに報告したり説明している暇があったら、情況に対処したいんだ——と口に出しては言えない。葵一彦は、何も映らなくなった情況表示スクリーンに背を向け、自分よりも一段高いトップダイアスを、仰ぎ見るように釈明した。

トップダイアス——それは中央指揮所の劇場のような空間の最後方、最も高い位置にずらりと並ぶ十一個の席だ。先任指令官の葵を始め、要撃管制官たちの働く何列もの管制卓を扇形に睨み降ろすように配置されている。それらの席が今、端から端まで一杯にうまっている。

葵は心の中で舌打ちする。やりにくい。

「ご説明いたしますと、今回は通常と違い、特殊な情況を把握するのに時間を要しまして」

「ええいっ、言い訳は聞かんぞっ。葵二佐」

〈規定〉が、土気色《つちけいろ》の顔で睨み降ろす。トップダイアス中央のその席には、〈総隊司令官〉というプレートが置かれている。

その左右両脇の席にはそれぞれ〈監理部長〉、〈運用課長〉、〈防衛課長〉などと役職名のプレートを前に置き、制服の幹部がずらりと並ぶ。

はっきり言って、それらの席に誰もいない方が、仕事はやり易《やす》い。何かをやろうとした時、葵の判断で出来ないことが、そこにいる誰かの裁定で出来るようになる——というケースはまずあり得ない。むしろ「おい何を考えているんだ、やめておけ」と言われることの方が多い。特に総隊司令官が現在の〈規定〉に替わってからは……。

（……くそっ、〈親父〉が――江守空将補がおられれば）

心の中で歯噛みしても、仕方がなかった。ホット・スクランブルを発令した以上、規定に則《のっと》って総隊司令官へ報告を上げないわけには行かない。そして〈規定〉が――総隊司令官本人が「地下へ下りて陣頭指揮を取る」と言い出してエレベーターに乗ったら、司令一人で下りて来るわけがなく、その両脇と背後に十数名の幹部たちがワンセットでついて来て、トップダイアスにずらりと並ぶことになる。

現場の要撃管制官たちが、そのずらりと睨み降ろす視線と口出しによって、どれほど仕事がやりにくくなるかなど、知りもしない。いや、知っているのかも知れないが――

「し、しかし司令。AWACSが全機、引き揚げてしまっているという特異な情況につき、確認するのに時間を要し――」

「E767が帰投させられていたという、これについては司令部から組織を通じ、どうなっているのか確認させる」

〈規定〉――一年前に監理部長から昇格し、総隊司令官となった敷石《しきいし》巌《いわお》空将補は、葵を睨みつけて言った。

そうだ。二年前のあの原発襲撃事件のさなか、沿岸に迫る〈亜細亜のあけぼの〉攻撃機を、自衛隊法と規定にこだわって撃墜を許可せず、ぎりぎり原発の間近まで接近させてしまった張本人の、あの監理部長である。葵が頭に来て殴ってしまったあの「規定、規定」とうるさい監理部長が現在の総隊司令官なのであった。

自衛隊には『出世したければ何もしないことだ』という、〈格言〉がある。

自衛隊の幹部が、やる気を出して何か思いつき、国や国民の安全のために踏み込んだことをやろうとすると、すぐ慣例や自衛隊法や種々の規定に邪魔される。

それらを『解釈』で乗り越えようとすると、たちまち「軍国主義だ」「憲法違反だ」と周囲からよってたかって足を引っ張られ、引きずり降ろされてしまう。マスコミにかぎつけられて報道されたら、社会問題となって大騒ぎになり、自衛隊を去らねばならなくなってしまう。

だから出世したいと思った者は、問題意識をもって何かをやろうとするライバルがいたら、それが周囲から引きずり降ろされ失脚するのを陰で黙って見ていれば良い。自分は何もしないでいるのが一番だ――という。

トップダイアスにずらりと居並ぶ高級幹部たちは、そういった競争の渦中にある。

そのような中で、かつて総隊司令官を数年務めた江守幸士郎空将補は、稀有《けう》の存在だった。

国を護るという意識を高く持ったままで、総隊司令の地位に昇って定年まで勤め上げたのは能力と人格に依《よ》るところだ。葵たちは江守を〈親父〉と呼んで敬愛した。

一度は監理部長を殴り、奥尻島のレーダーサイトへ送られかけた葵を、定年前に本省内局にはかって総隊司令部先任指令官として残れるようにしてくれたのも、江守空将補だった。

しかし——

「スクリーンに何も映っていないではないかっ、葵二佐。現在の情況につき、もう一度詳しく説明しろ」

今は総隊司令部を——いや日本の防空全体を仕切っているのが、この〈規定〉——敷石空将補なのだ。

「は、は。只今より十一分前——」

葵が仕方なく、集中力を総動員して、これ以上ないくらい極力短いセンテンスでこれまでに起きたことを報告すると、

「よし」

〈規定〉はうなずいた。

「ではただちに、ブロッケン編隊の編隊長を呼び出し、最新の情況を説明させよ」

「は、いや、しかし――」

那覇のFは接敵中だ。

今現在、一番デリケートな瞬間のはずだ――

下手に無線で呼び出し、邪魔をしたくない。

だが葵が渋る表情を見せると、

「このばか者っ」

〈規定〉――敷石は怒鳴った。

「スクリーンに何も映っていないのでは、現場に出ているスクランブルの編隊長に、情況を報告させるのが当たり前だろうっ、黙って見ておらずにさっさと訊け。職務怠慢だぞばか者」

「――う」

ばか者はどっちだ、と葵は思ったが、そのまま言い返すわけには行かない。

敷石が怒鳴ると、それに同調するように居並ぶ幹部たちも葵を睨み降ろして来た。視線が、自分の顔に集中する。

くそっ……。

「し、司令」葵は我慢強く説明した。「ですがブロッケン・ワンのパイロットには、アンノンをビジュアル・コンタクトし次第、報告するよう言ってあります。ここは――」

すると、

「何をしておるかっ」

敷石の横から、新しい監理部長が怒鳴った。

「総隊司令官が、情況を報告させろと命じておられるのだ。早く訊けっ」

尖閣諸島　F15一番機・コクピット

『ブロッケン・ワン、情況を報告せよ。情況を報告せよ』

うるさい……！

ゴォオオオッ

猛烈な勢いで、視野の手前へ吸い込まれる海面。額の汗が目に入るのも構わず、ぶれる水平線を睨み付けていた風谷の耳に、無線の声が繰り返した。

『情況を報告せよ』

　Ｆ15戦闘機には、ＵＨＦ無線機が二台装備されている。一台はＣＣＰや編隊僚機との交信、一台は国際緊急周波数に合わせておき、アンノンへの警告に使用する。二台の無線機は同時に聞くことが出来る。

『ブロッケン・ワン、繰り返す。情況を報告せよ』

「…………」

　構っていられない。

　マスクのエアを吸い、顔をしかめながら、左の中指の操作でカーソルを動かし、レーダー・ディスプレー上のアンノン――白い菱形を挟んでロックオン。

　パッ、とＨＵＤの視野に小さな白い四角形――ターゲット・ディジグネーター・ボックスが現われ、水平線のすぐ上に浮かんだ。

　距離一八マイル、まだ小さくて見えないが、ロックオンした〈標的〉がその浮かんだ小さなボックスの中に『いる』のだ。

　白いＴＤボックスは視野を横へ移動する。左から右へ――横向きに飛んでいるのか……？

　移動するボックスは、黒い島影に重なる。水平線上の島は、みるみる大きくなって来る。

　あれは――見覚えがある。魚釣島……か？

ぐんぐん近づく。

一六マイル。

レーダー上の白い菱形は、島の近くを円を描くように低空で機動している。いったい、こいつは何をしている……? 水平線に目を凝らす。迫って来る黒い島影の手前に、何か見える。何だ。海面に白いもの——

あれは……。

その時、
ザッ
ヘルメット・イアフォンにノイズがわき、何かざらついた声がした。

『ディス・イズ——』

怒鳴る声。

国際緊急周波数か。

何だこれは——

『ブロッケン・ワン、情況を報告せよ。情況を』

「うるさい、静かにしてろっ」

府中　総隊司令部・中央指揮所

『うるさい、静かにしてろっ』

風谷のマスク越しの声が、スピーカーから響くと、トップダイアスの面々が、顔色を変えた。

「何だ、あのパイロットは」

「無礼だぞ」

「まったくなっておらんっ」

「まったくですな」

「葵二佐っ」敷石空将補が怒鳴った。「報告するまで、繰り返し命令せよ」

魚釣島　測量船〈照洋〉

「うわーっ！」

ズババババッ

四度目の銃撃は、さらに〈照洋〉の船首をすれすれにかすめ、全長九八メートルの測量船はついに緊急停止しなくてはならなくなった。

「船長、何ごとですっ、これでは測量が――うわ」

後方の観測室から文句を言いに出て来た水測長が、船がつんのめるように停止した慣性に支柱を摑み損ね、そのまま床に転がった。

「うぐわっ」

「船長、機体マークが見えましたっ」

左舷ウイング・ブリッジの士官が、ずぶ濡れになったまま双眼鏡を目から離さずに叫ぶ。

「垂直尾翼が二枚ある。機種は、おそらくスホーイ27、主翼に何か紅いマークが見えます」

同時に、

「船長、また呼んで来ました、スピーカーに出しますっ」

通信長が、通信士にコンソールのスイッチを入れさせる。

『――ディス・イズ・オーダー。アバンダン・イリーガル・ミッション。ディス・イズ・チャイニーズ・テリトリー』

「――!?」

「な」

「何だ⁉」

英語か……⁉

スピーカーが、割れるような音量で鳴る。

棒読みのような、ゆっくりした英語。

上空　F15一番機

（――スホーイ27⁉）

一五マイル。

ターゲット・ディジグネーター・ボックスの小さな四角の中に、点のような機影が浮かんで見えたと思うと、低空を急旋回して海面に浮かぶ何かに向かって行く。スーッ、とボックスが移動する。その中の機影に、二枚の垂直尾翼があるのを目にした時。

あれは――

まさか、〈奴〉かっ……⁉

——『クク』

突然、冷たい〈声〉が脳裏に蘇《よみがえ》った。

「うっ」

チクッ

鋭い痛みが、また錐で突くようにみぞおちを襲って風谷はうめいた。

——『ククク、死ね』

ふらっ

低空を突き進むF15は、操縦桿を握る風谷の手の動揺をそのままに、宙でふらつく。コクピットの前方視界の水平線が、踊るように左右へ揺れて傾くが、どうしようもない

——右手の筋肉が一瞬、痙攣《けいれん》を起こした。くそ駄目だ、操縦桿から手を離すしかない

……！

「——！」

手を離すと、安定性のよいイーグルは、海面を真下に見て水平に戻る。無駄な動揺のせ

いで高度を少しロスした。猛烈な速さで流れる海面との間隔は、八〇〇フィートもない。

「はぁっ、はぁっ……く、くそっ――！」

革手袋の中の手のひらを、握り、開く。

一瞬、右の手のひらに蘇ったのは、二年前に夜の日本海で真後ろから〈奴〉に機関砲を叩き込まれ、撃墜される瞬間の手応えだ。

あの時に身体が受けた恐怖。

まだ、神経に潜んで残っていたのか……⁉

風谷は肩で息をする。

（ち、畜生、操縦桿が）

だが、

『――ディス・イズ・チャイニーズ・テリトリー』

次の瞬間。ヘルメット・イアフォンに大音量の声が割り込むと、耳を打った。

『ディス・イズ・チャイニーズ・テリトリー、ゲット・アウト！』

「……⁉」

風谷はハッとする。

何だ――

何だこの、へたくそな英語は……!?

測量船〈照洋〉

「船長っ、国籍マークが見えました!」

ウイング・ブリッジの士官が叫んだ。

「あれは中国軍です、あの戦闘機の主翼マークは、人民解放軍ですっ」

『ディス・イズ・チャイニーズ・テリトリー』

スピーカーの大声が、その叫びに被さる。

『アバンダン・ユア・イリーガル・ミッション、ゲット・アウト・オブ・チャイニーズ・テリトリー、イミーディアトリー! アイ、リピート――』

割れるような大声の英語の後に、わけの分からない発音の言語が続く。

「何と言っているんだっ?」

「後半は、中国語です――」

通信卓に着いた通信士が、ヘッドセットの上から耳を押さえる。

海保の通信士には、中国語を勉強している者が多い。顔をしかめて、聞き取ろうとする。

「――警告しているつもりのようです」

「何だと？」

上空　F15

（……これは）

棒読みの英語に続いて響いて来たのは、中国語だった。

何かわめいている。

何と言っているのか、わけが分からない。

あそこのアンノンが、わめいているのか――!?

（――ならば、あれは）

風谷は歯を食い縛り、操縦席の中で身を起こすようにした。

一一マイル。

手前へ吸い込まれる海面。みるみる島が近づく。島を背景に、急旋回してこちらに上面形を見せている暗緑色の機影も目に入る。

一〇マイル。

見えた。

あれは——スホーイ27だ……。

単機なのか。反応は一つきりだ。

『——ゲット・アウト・オブ・チャイニーズ・テリトリー、イミーディアトリー！』

棒読みの英語と、中国語のわめき声が繰り返される。

暗緑色のスホーイ27は、低空で海面を這《は》うように何かに向かう。その前方の海面に白い幕のような水柱が立つ。銃撃しているのか——!? 直線状に水柱が走り、その前方に浮かんでいる白い船影のへさきを包む。船だ——見えて来た。白い船影。船首に青の斜め三本線。

(——巡視船……?)

風谷はヘルメットの中で頭を振り、目をしばたたいた。

必死にマスクのエアを吸い、呼吸を整えた。

「はぁっ、はぁっ」

よし。

〈奴〉じゃない。

あの〈死神〉じゃない。〈奴〉の「ククク」という、冷たい笑いとは全然違う。

おちつけ。

手に力は入るか。

（――――）

右手を握り、開き、痙攣が収まったことを確かめると再び操縦桿を握った。よしおちつけ、あれは〈奴〉ではなさそうだ。この中国語が、あのアンノンからだとしたら――

まさか、中国軍……？

台湾にフランカーはない。

八マイル。

白い船が近づく。船腹に〈JAPAN COAST GUARD〉の青色の文字。風谷の視力ではっきり読める。巡視船だ。海上保安庁の船だ。白い航跡を曳いているが――停止しているようにも見える。

「はぁ、はぁ」

なぜだか分からない。巡視船が、アンノンに――中国軍のスホーイ27に銃撃されているように見える。何をしているんだ、あそこで――

「くっ」

風谷は反射的に、右手の人差し指で兵装管制パネルのマスター・アームスイッチを〈O

N〉にした。同時に左手の親指で、スロットル・レバー横腹の兵装選択スイッチを〈SRM（短距離ミサイル）〉に。

パッ、とTDボックスを囲むようにFOVサークルが現われ、自動的にAPG63レーダーがスーパー・サーチモードに切り替わる。七マイル前方の海面上をくるくる旋回しているスホーイ27を、ロックオンした。

熱線追尾式空対空ミサイル・AAM3は、実弾を二発携行しているが——

そこへ、

『ブロッケン・ワン。聞こえるか。こちらはCCP。編隊長は情況を報告せよ』

「う、うるさいっ」

風谷は怒鳴り返す。

「今近づいて、確認するっ」

6

府中　総隊司令部・中央指揮所

『う、うるさいっ、今近づいて、確認するっ』

マスクのエアを吸いながらの、必死の声が天井に響くと、

「まったく何をやっておるんだ」

敷石が唸った。

「余裕のない奴は駄目だっ」

すると、

「まったくですな」

「自衛官は常に冷静でなければ」

「司令のおっしゃる通りですな」

トップダイアスの面々が、口々にうなずく。

「――――」

それを背中で聞きながら、葵は立ち上がったまま、何も映っていない情況表示スクリーンを仰いでいた。

尖閣諸島。

何が――起きているんだ……？

魚釣島　上空　F15

「はぁっ、はぁっ」

視界の正面、黒い屏風《びょうぶ》のようにそそり立つ島影を背景に、海面に停止したらしい白い船体がみるみる近づいて来る。

風谷はHUDを睨む。白いボックスに囲まれたアンノン――双尾翼の機影は、巡視船らしき船を銃撃した後、急旋回でその周囲を廻る。七マイル。レーダーでロックオンしている。相手の速度がディスプレーに表示される。二五〇ノット。

ピー
（――――）

ヘルメット・イアフォンに、ミサイルの赤外線シーカーのシグナル・トーンが響き始めた。Ｆ15Ｊの左右の主翼下に吊している、熱線追尾式空対空ミサイルＡＡＭ３の弾頭シーカーが、レーダーでロックオンしている〈標的〉の熱源を捉えた。

どうする。

六マイル。

白い船体がはっきり見えて来る。巡視船――あれは巡視船なのか……？　船体の幅がやや広く、上部に武装は見えない。船尾に作業用クレーンのようなもの。海保の保有する、観測船の類《たぐい》か――

（やられたのか……？）

中国語を話すスホーイ27――四〇〇〇キロの航続距離を持つ長距離戦闘機でもある――に、機関砲を直撃されて止まったのか、あるいは船首前方に警告射撃をされて停船したのか、風谷には分からない。見えたのは射撃が行なわれた、ということだけだ。

五マイル。

低空を旋回する機影が、はっきり見えて来る。暗緑色のスホーイ27フランカー。九十度近いバンク角を取り、海面を這うように向きを変え、観測船の船首へ再び廻り込もうとする。

何のつもりだ、こいつは。

旋回を続けている。こちらの射撃用レーダーにロックオンされたことは、向こうだってレーダー警戒装置で分かるはずだ。

今頃、向こうのコクピットでは『ロックオン警報』が鳴り響いているはずだ。なのに――

（――こっちを気にする素振りもないぞ……？）

風谷は、右の中指で無線の送信ボタンを押す。

「CCP、こちらブロッケン・ワン」

呼びかけながら、観測船に再び向かおうとする機影を、追尾に入る。警告するには、相手と同高度へ降ろさなくては――操縦桿を前へ押し、同時に右へ。

HUDの正面視界で海面がぐわっ、とせり上がると左へ大きく傾き、急降下のマイナスGで身体がふわっ、と浮きかかる。

「くっ」

巡視船が撃たれる、何とかしなくては――という気持ちが恐怖にせり勝った。猛烈な勢いで流れる波頭に、右肩から突っ込む――そう感じる寸前、今度は操縦桿を左へ倒し、引く。切り返しつつ機首を起こす。水平飛行に戻すが、超低空だ。高度一〇〇フィートもない。

ズゴォーッ

くそっ。こんなに低くしたのは、初めてだ……！

風谷はエアを激しく吸った。

前方から足下へ、猛烈な勢いで波頭が呑み込まれ、視線を上げると視野の正面にはＴＤボックスに囲われる双尾翼の機影。そしてその向こうに海保の観測船。よし、これでいい

……アンノンの後尾へ何とかひねり込んだ――

「ＣＣＰ、聞こえるかっ」

府中　総隊司令部・中央指揮所

『報告する。こちらブロッケン・ワン』

荒い呼吸の声が、天井から響いた。

『アンノンを、ビジュアル・コンタクト（視認）。スホーイ27だ。単機。尖閣諸島・魚釣島の周囲で、海上保安庁の観測船らしき船を撃っている』

「――」

「――」

那覇のF——ブロッケン編隊の編隊長からの報告がスピーカーに流れると、一瞬、指揮所の全員が息を呑んで動作を止めた。

スホーイ27——?

撃っている……!?

今、編隊長はそう言ったのか。

「——ブ、ブロッケン・ワン、了解した」

担当管制官が、精一杯の冷静さを発揮した声音《こわね》で応答をする。

「アンノンの所属はどこか?」

『今、四マイル後方から追尾中。もっと近寄らないと国籍マークは見えない。見えないが』

速い呼吸の声は言う。

『アンノンは再度、海保の船へエンゲージ(接近)して行く。また銃撃する可能性あり』

「ブロッケン・ワン、先任指令官だ」

葵はマイクを取り、割って入った。

「確認する。アンノンはスホーイ27、国籍は不明、海保の測量船を銃撃したのは本当か?」

『そうだ』

「アンノンは領空へ入っているか」

『入っている。目視で、島から五マイルと離れて——待ってくれ』

荒い呼吸音。

『アンノンが観測船に突入する。銃撃の可能性あり。今、後方から追いつく』

魚釣島　測量船〈照洋〉

「もう一機くるぞっ」

すでに停船し、海底測量作業も中断してしまった〈照洋〉の船橋。

右舷を見張っていたずぶ濡れの士官が、水平線を指した。

「二機でこっちへ来る！」

「もう一機現われたのかっ」

「いや待ってくれ、あれはイーグルだ。航空自衛隊だっ」

「——領空侵犯中の戦闘機、こちらは航空自衛隊」

風谷は、二マイルまで近づくとスホーイの双発のノズルの真後ろからやや右へ出て、優速を利してさらに追いついて行くが、

「領空侵犯中のスホーイ27、聞こえるかっ」

暗緑色のフランカーは構わず、停止した白い船の船首を真横から突くような角度で海面すれすれを突進した。

また、撃つつもりか……!?

「領空侵犯中の戦闘機、ただちに退去しろ。ここは日本領空だ」

国際緊急周波数で警告する。

警告は、本当は英語で言うのだろうが、後方から射撃レーダーにロックオンされ、無線で怒鳴られたら何を言われているのかなんて分かるはずだ。何語だろうと、この際関係あるか。

風谷はさらに近づいて行く。

一マイルに接近。真後ろは外したが、今や双発・双尾翼のシルエットはＴＤボックスをはみ出し、やや左へずれた格好で五百円玉大のＦＯＶサークルに囲われ『ＩＮ　ＲＮＧ』の文字が重なって点滅している。風谷が操縦桿のリリース・ボタンを右の親指で押し込めば、ＡＡＭ３が左翼下から発射されて直撃し、一瞬で消し飛ぶだろう。

だが、

『ディス・イズ・チャイニーズ・テリトリー』

フランカーは気にしたふうもない。止まっている白い船に向かって、まっすぐに突っ込んで行く。

『ディス・イズ・チャイニーズ・テリトリー、ゲット・アウト！』

このへたくそな英語——

やはりあのフランカー——いや中国製のコピーだとしたら『殲撃《せんげき》10』か。あの機の搭乗員がわめいているのか。

チャイニーズ・テリトリー？

いったいどういうことだ。ここは、日本領空だぞ……!?

「おい、聞こえるかっ」

海面すれすれを突進しながら、風谷はようやくフランカーの右横へ追いつく。並ぶ。暗緑色の機体。その胴体に紅い細長い標識。

（中国軍……⁉）

風谷が目を見開いた瞬間。

フランカーの左翼の付け根が、下向きに黒煙を噴き出した。

ヴォオオッ
撃った……⁉

何か疾い筋のようなものが前方へ伸びると、海面に白い水柱が連続的に立ち上がって観測船の船首を直角にまたぎ越した。

「お、おい、やめろっ」

測量船〈照洋〉

「うわ」
「うわーっ！」
ガンッ
ゴンッ

ガガンッ
腹を殴られるような衝撃を伴い、船首部分が爆煙に包まれると、
ズドンッ
ドンッ
目にも留まらぬ疾さで、船橋のすぐ前方を二つのシルエットが右から左へ通過した。
「う、撃たれた」
「直撃しました、三発っ！」

上空　F15

「や、やめろっ」

自分の叫びも無視し、一連射の銃撃が行なわれた——と思った瞬間、白い船体が視野の左下を擦過した。たちまち飛び越す。幅広の船体——やはり観測船か……？　船首部分にいくつか、黒い毛玉のような爆煙。まさか、何発か直撃——!?

「——！」

振り向いて見ようとした一瞬の隙に、暗緑色のフランカーはぐうっ、と左バンクを取り

急旋回。たちまち離れて行く。

ま、待て……！

風谷はハッと息を呑み、操縦桿を左へ倒す。追う。

測量船〈照洋〉

「船首右側面、前甲板、大穴が空きましたっ」

ウイング・ブリッジへ出た士官に、報告されるまでもない。

船橋の乗組員全員が、前甲板に出現した穴に、目を奪われていた。

マンホールのような大きさの、深くへこんだ穴から黒煙が噴き出ている。

鋼鉄の甲板が、あんなふうになるのか——

「——」

「——」

日頃、自分たちの足で歩いて、甲板の鉄板の厚さは知っている。どっしりした厚みの鋼鉄は人が歩いたりその上で飛び跳ねたくらいでは、びくともしない。その鋼鉄製の船首甲板が、まるで熱したプラスチックのようにへこんで、大穴を空けられている。

フランカーのＧｓｈ23・二三ミリ機関砲の威力だ。航空機搭載機関砲の対地射撃の破壊力は、巡視船が威嚇用に装備している機銃などとは比較にならない。

もしも、あの大穴を空けた砲弾の群れが、この船橋を襲ったら……。

誰もが息を止め、船長に注目した。

「う」

その四十代の船長も、指揮席のコンソールに両手をつき、窓に飛び去った二機の方角を見送るばかりだ。

「う――いや、空自が来てくれたんだ」

しかし、

「イ、イーグルが」ウイング・ブリッジの士官が叫ぶ。「イーグルが振り払われますっ」

上空　F15

「く、くそっ」

海面すれすれを左へ急旋回する機影を、風谷は左九〇度バンクで追った。だが一瞬の遅れで旋回は大きく外側へ膨らんでしまう。操縦桿を思いきり引き、Ｇをかけ、出来る限りコンパクトに廻るが――追いつけるか……!? フランカーは視野のずっと上の方へ行ってしまう。

ズゴォオオッ

海面と水平線が視界を縦になって激しく流れ、左の頰を波頭が擦《こす》るようだ。急旋回のGで速度がおちる。スロットルをミリタリー・パワー。高度五〇フィート弱。右ラダーを踏んで、機首が下がらないようにしないと――油断したら一瞬で左翼から海面に突っ込む

……!

「くそっ」

激しくマスクのエアを吸い、歯を食い縛る風谷のヘルメットの眼庇の上から、超低空で旋回するフランカーの後ろ姿がやっと見えて来る。

追いついたか。

しかし奴は、また繰り返すつもりか――!?

円を描き、フランカーはさっき観測船を撃ったコースへ、廻り込んで行く。

また撃つのか……!?

ピー

ヘルメットにトーンが響き、双尾翼の後ろ姿を再びTDボックスとFOVサークルが囲

んだ。ＡＡＭ３は、まだロックオンされている。兵装選択は〈ＳＲＭ〉のまま、射撃管制レーダーは〈標的〉との間隔を測定してフィート単位でＦＯＶサークル外側にデジタルで表示する。二〇〇〇フィート（六〇〇メートル）、『ＡＡＭ３　×２』『ＩＮ　ＲＮＧ』の緑の文字表示は、ＡＡＭ３の残弾数２、射程距離内、と教えている。

どうする。

奴が今の機関砲射撃を、観測船の船首甲板でなく、人のいる居住区や船橋に向けて行なったら――!?

（――――）

風谷はエアを吸いながら、無線のスイッチを握る。

「おいっ。おいやめろっ、撃墜するぞっ」

フランカーの後ろ姿を睨んで怒鳴った。

すると、

『――ハハハ』

まるで、風谷の日本語の叫びに、応えたかのようだ。今まで無視を決めこんでいたアンノン――スホーイ27の搭乗者が、笑った。

笑った……？

『ハハハ、チキン』

続いて中国語で何かべらべらとしゃべった。

チキン、チキンという言葉が混じるが——

何を言ったのか分からない。

「何を言っているんだ、この野郎」

測量船〈照洋〉

「中国軍の搭乗員が、イーグルを挑発しているようですっ」

通信士が、ヘッドセットを手で押さえながら振り向いて叫んだ。

「航空自衛隊は、絶対に撃てない。ニワトリと同じだハハハ、と中国語で嘲笑《ちょうしょう》しています」

「何だとっ」

そこへ、

「船長、また来ます、また来ますっ!」

右舷ウイング・ブリッジの士官が叫んだ。

「空自のイーグルをくっつけて、二機でこっちへ廻って来る」

上空　F15

「おいっ。ただちに撃つのを止めて、日本領空外へ退去しろっ。さもないと撃墜するぞ！」

風谷は怒鳴るが、

『ハハハハ』

わずか四分の一マイル前方、HUDの中に急旋回の後ろ姿をさらしたフランカーの搭乗員は、ただ笑う。

『ユー・アー・オール・チキン、ゲット・アウト・オブ・チャイニーズ・テリトリー！』

「おいっ」

フランカーの後ろ姿は、風防の中までは見えない。

『ハハハ』

フランカーは旋回を終了、水平に戻る。風谷も、その右後ろにつけながら追従。再び前方に白い観測船の横向きの姿が見えて来る。

「おい、やめろっ」

『ハハハハ、チキン』

「おいっ」

『ロースト・チキン』

「くそっ」

風谷は送信スイッチを切り替える。

「CCP、こちらブロッケン・ワン」

府中　総隊司令部・中央指揮所

『こちらブロッケン・ワン、報告するっ。アンノンは中国軍のスホーイ27、魚釣島の周囲で、海保の観測船に対し銃撃を繰り返し、中国の領海から出て行けと要求している。このままでは死傷者が出る。撃墜許可を求む！』

「――」

「――」

天井からの報告の声に、

「――」

「――」

再び、中央指揮所の全員が絶句した。

空気が凍りついたようになる。

次の瞬間、管制席についた要撃管制官たち全員が、思わず――という動作で振り返り、トップダイアスを振り仰いだ。

「――総隊司令っ」

葵が立ち上がったまま、振り向いて進言した。

「司令。今の編隊長の言う観測船とは、海保の測量船〈照洋〉に違いありません。侵入機は、中国軍らしい。それも民間旅客機の腹の下に隠れ、まるでテロのような手口でやって来た」

「…………」

「…………」

「ここは、魚釣島における日本の主権と、領空を護るために、また日本の測量船を護るために侵入機に対し警告射撃を行ない、退去させるべきと考えます」

「……あ、あぁ」

敷石空将補は、葵から目をそらすと、何か考えるように「あー」と言った。

「よろしいですね」

葵は念を押す。

現在の情況は、他国軍用機が日本領空へ入り、日本の巡視船（測量船）を襲っているのだ。どこからどう見ても警告射撃の対象、いや測量船の乗組員の生命が危ないのだから、〈対領空侵犯措置〉に定める〈国民に対する急迫した直接的脅威〉を摘要して、スホーイ27を撃墜することも出来るはずだ……。

さすがに、すぐに撃墜とは葵も言わない。正体を明かさないテロ集団〈亜細亜のあけぼの〉と違い、今度の相手は一応、国籍マークをつけた中国軍機だ。正式な命令に基づいた作戦行動なのかは分からない。しかしこれを撃墜すれば、かなりの影響があるだろう。トップダイアスの高級幹部たちが一斉に静かになってしまったことで、それは明らかだ——

「よろしいですねっ」

葵が睨み回しても、トップダイアスの誰も目を合わせようとしない。さっきとまるで逆だ。幹部たちはあちこちを向いて、汗を拭《ふ》いたりしている。

（江守司令、私に知恵を……！）

葵は正面に向き直ると、尖閣付近に何も映っていない情況表示スクリーンを見上げ、マイクに言った。

「よしブロッケン・ワン、そいつを――」追い出せ、と言いかけた時。

「待ちたまえ、先任指令官」

後ろの壇上から、敷石が言った。

「待つのだ」

「司令っ？」

振り向くと、

「いや、警告射撃が駄目だとは言わん」

敷石は青汁を思いきり呑んだような顔で、言った。

「この場合はやむを得ない。しかし規定通り、警告射撃は相手と並んで、相手よりも前方に出てから行なえ。後ろから撃つのは絶対まかりならん。規定違反は駄目だ、あの編隊長に徹底させよ」

7

尖閣諸島　魚釣島　上空　F15

『ブロッケン・ワン、警告射撃を許可する。警告射撃を許可する。ただし規定通り、警告対象機の横前方へ出て、前方へ向けて信号射撃を行なえ。繰り返す』

ズゴォオオッ

いったい、何を言っているんだ……!?

猛烈な勢いで波頭は手前へ吸い込まれ、その向こうから白い船体がみるみる近づいて来る。暗緑色のフランカーは風谷のすぐ左前方、海面すれすれの高さ。ヘッドアップ・ディスプレーの中でFOVサークルに囲われて浮いている。

俺は、撃墜許可をくれと言ったんだ……！

しかし、

『ブロッケン・ワン、繰り返す。警告射撃によりアンノンを領空外へ退去させよ。ただし規定通り、警告対象機の――』

「――ば」

風谷は、水分を取り去ったマスクの酸素のせいで、声が嗄《か》れて来た。

馬鹿なことを――この体勢で、フランカーの右横に並んで前方へ向けて機関砲を撃ったら、どうなるんだ⁉　一緒に観測船を撃つことになるじゃないか……！

測量船〈照洋〉

「来るぞ」

「二機でこっちへ来ますっ」

「――船長」

今まで船橋の中で黙っていた副長が、口を開いて進言した。

「船長、進言します。全員で船橋を放棄し、下部へ避難しましょう。このままでは危険だ」

「しかし、ああやって空自が――」

船長は右舷側を見やる。

爆音が近づく。船の責任者が船橋を放棄するというのは、すなわち責任放棄だ。そんなことをしてもし何事もなかったら――

だが、

「あいつらは役に立ちません」

三十代の海保士官は頭を振る。

「自衛隊には、あいつらには、何も出来ません。実は私は過去、防衛大を卒業しましたが任官を拒否し、海上保安大学校へ入り直しました。理由は――今は省きますが、自衛隊のことは分かる。あいつらには重大な欠陥がある。ROEが無いのです」

「ROE――？」

「〈交戦規定〉のことです。ルールズ・オブ・エンゲージメント。領空侵犯機がこんなことをしたら編隊長の判断で撃墜してよい、という規定です。それが無いのです。なぜなら『平和を愛する諸国民に信頼して、武力を行使しない』からです」

「――」

「自衛隊に領土は護れません。空自のスクランブル機が、現場の判断で領空侵犯機を撃墜することは出来ません。あいつらは日本を護っているつもりかも知れないが、実は警告する以外、何も出来ない。中国もロシアもみんなそれを知っている。だからあのスホーイはああやって、なめまくっているんです。このままでは私たちは平和憲法の犠牲になって犬死にですっ」

「う、う――」

「スポーイが来ますっ」

上空　F15

「アンノンを撃墜させてくれっ」

『ブロッケン・ワン、撃墜は許可出来ない。撃墜は許可出来ない。警告射撃によりアンノンを領空外へ退去させよ。なお警告射撃を行なう場合は、規定通り対象機の横に並び、対象機よりも前方へ出て――』

「――」

風谷は『またか』と思った。

過去、何度も中央指揮所からの〈命令〉には翻弄《ほんろう》された。その度にひどい目に遭った。

俺が航空自衛隊をやめなかったのは、なぜだろう。自分でもよく分からない。たぶんイーグルに乗る以外の生き方が、思いつかなかったからだ――

それはスクランブル機の行動の根拠だ。自衛隊法第八十四条に定めるその規定には、領空侵犯機に対して『要撃機は警告し、対象機を領空外へ退去させる』もしくは『国内の飛行場へ強制着陸させる』とあり、確かに『撃墜する』とは書かれていない。

ただ〈法解釈〉として、次の二つの場合にのみ、現場の編隊長の判断で武器を使用出来るとされている。二つの場合とは、反撃しないと自分の生命が危ない時の〈正当防衛〉と、ただちに対象機を撃墜しないと国民の生命が危ないという〈急迫した直接的脅威〉が発生した場合の緊急避難だ。謎の爆撃機が突然やって来て、海岸線の原発に向かって爆弾を抱えて急降下を開始した――というケースなどが、これに当たる。

風谷は眼前の情況を、〈急迫した直接的脅威〉だと思った。

よし、やろう――

今フランカーを撃墜しなければ、海保の乗組員に多数の死傷者が出る……！

〈対領空侵犯措置〉――

（――――）

息を吸った。

操縦桿を左へ倒し、突進するフランカーの右斜め後ろから、真後ろへ。相手機の翼端後流の中へ入るが、小さい機体だから揺れは強くない。

ピー
ＴＤボックスと、ＦＯＶサークルに囲われた双尾翼の後ろ姿が、真ん前に。

その向こうに、白い船体が急速に大きくなって来る。

（――これで）

風谷は、発射ボタンに親指を掛けながら思った。

これで俺は……。

その時。

『自衛隊やめるのか。風谷三尉』

ふいにヘルメット・イアファンにアルトの声がした。

「……!?」

はっ、とした瞬間。

親指が発射ボタンから浮いた。

同時にＨＵＤの中の機影が、ぐいっと右へバンクを取って視野の中心から離れる。さすがに真後ろを取られ、警戒したのか。

「くっ!?」

次の瞬間、サイド・ステップするように右側へ避《よ》けたフランカーとほとんど編隊を組むようにして、白い観測船の真上を飛び越した。マストに引っかかるような低さ。

測量船〈照洋〉

「うわーっ！」

船橋の乗組員たちが、一斉に床へ身を投げ出して伏せる頭上を、二機のジェット戦闘機の爆音が叩きつけるように通過した。

ドンッ
ズドドンッ
ゆさゆさっ、と船体が揺れる。

「み、見て下さいっ」

伏せたまま、副長が窓の外を指す。

「あいつは、イーグルはただ、中国機につき添って飛んでいるだけだ。あいつには、何も出来ないのです。日本の領土を護っているのは、われわれ海保――」

そこへ、

『船長、こちら船務長。大変です、前甲板床下で火災発生！』

船内スピーカーが大声で報告してきた。

『このままでは燃え広がり、大火災となりますっ』

「ただちに消火作業開始せよ」

船長が起き上がって、船内マイクを摑んで言う。

「ただし、甲板へは出るな。危険だ」

『船長、前甲板の被弾した穴に近寄らないと、消火は出来ませんっ』

どこかから報告して来る船務長は、必死の声だ。

『甲板へ出られるようにして下さいっ』

「――」

「――」

上空　F15

『ハハハ』

再び左急旋回に入りながら、前方のフランカーの搭乗者は笑った。

中国語で、何かべらべらとしゃべった。それは「どうだ、船を撃たなかったぞ。撃たなかったらお前は何も出来ないだろう?」と中国語で揶揄《やゆ》してきたのだが、風谷に聞き取れるわけもない。

『ハハハ、チキン』

「おい待てっ」

観測船を撃つ体勢から、いったん離脱してしまった以上、〈急迫した直接的脅威〉を摘用し撃墜する根拠がない。

どうする……。

風谷はマスクの中で唇を嚙む。

「CCP、こちらブロッケン・ワン。アンノンは船の真上を通過、しかしまたエンゲージするつもりだ。撃墜を許可してくれっ」

『ブロッケン・ワン、撃墜は許可出来ない。警告射撃を実施せよ』

さっきと同じように海面すれすれを急旋回して行くフランカーを、風谷は追う。こうなればこちらも機関砲を使って、CCPの言う通り警告するしかないのか――?

『ブロッケン・ワン、了解したか』

「――」

しかし、どうやって警告射撃をする……？

スクランブル機の警告射撃には国際的なルールがある。少なくとも相手の後ろから撃ってはいけない、とされている。空自の規定では『対象機の横に並び、対象機よりも前方へ出た状態で前へ向かって撃て』とされている。さっきからCCPの若い管制官が、無線で盛んに繰り返す通りだ。もしも後方から機関砲を撃つと、それは相手に対する〈敵対行為〉とみなされ、相手を『こちらから先に攻撃』したことになってしまう。そうすると向こうに〈正当防衛〉の口実を与えてしまう。収拾がつかなくなる。

だが『横に並んで前へ向かって撃て』というのは――そんな規定は、旧ソ連の爆撃機や大型長距離偵察機が相手だった時代のものだ。低空でクルクルとマニューバーを繰り返す戦闘機を相手に、いったいどうすればいいと言うのか。

「横に並ぶ暇はないっ」

風谷は、左急旋回でフランカーを追いつつ、左の親指でスロットル横腹の兵装選択スイッチを〈SRM〉から〈GUN〉へ。ピーというミサイル・シーカーのトーンが鳴り止み、HUDにFOVサークルに替わってガン・クロスがぱっ、と表示されるのを確認しながら、CCPに向けて怒鳴った。

「ガンを使う。後ろからガンを撃たせてくれっ」

当てないで、撃てばいい。

しかし、

『駄目だ、ブロッケン・ワン』

無線の向こうの担当管制官は、おそらくそれしか言う権限がないのだろう、繰り返した。

『規定通りに、対象機の横へ並んでから、前方へ向け信号射撃を行なえ。規定違反をせずに、アンノンを退去させよ』

「相手が急旋回しているんだっ」

『あくまで規定通りに、何とかして遂行せよ』

府中　総隊司令部・中央指揮所

「司令っ」

ブロッケン編隊の編隊長に命令を伝える若い管制官が、命令を棒読みしながらしだいに肩を震わせるのを目にして、葵はたまりかねてトップダイアスを振り仰いだ。

「司令っ、この命令は、無理ですっ」

「――――」

だが敷石は、懐《ふところ》から扇子を取り出すと、ぱたぱたと扇《あお》ぎ始めた。

ぱたぱた
「司令っ」

「あくまで規定通りだ、先任指令官」

「しかし。横に並んで前へ出ての警告射撃は無理らしい、やむを得ないが、撃墜を認めるべきではないですかっ。〈急迫した直接的脅威〉を摘用して――」

「駄目だな」

「どうしてですっ」

「やられているのは、海保なのだろう」

「そうですっ。〈照洋〉です」

「海保の船は、国際法上は『軍艦』として取り扱われる。よって、この情況は日本の民間の船舶が一方的に攻撃を受けているのではなくて、軍艦が他国の軍用機と国際紛争を起こしていると解釈される。よって、国民に対する〈急迫した直接的脅威〉は摘用出来ない。海保の乗組員は、非戦闘員ではないからな」

「――――」

ぱたぱた

「われわれ自衛隊が、国際紛争に武力で介入することは出来ない。そんなことをすれば、事後に重大な国際問題となり、われわれは自衛隊法違反、憲法違反を問われてしまう」

事後……!?

「――で、では」

葵は、肩を上下させながら、言葉が出なくなって困った。

どうすればいいのだ。

「どうにも出来んよ。葵二佐」

敷石は言った。

「われわれが、あのフランカーを射撃しておとすことは出来ん。こっちへ向かって来るなら、正当防衛もあり得るだろうが、あれはそんな馬鹿な真似はしないだろう」

測量船〈照洋〉

「やむを得ん」

船長が、唸った。

「機関を始動しろ。全速力で、魚釣島の一二マイル圏内から出る」

すると、

「――？」

「……船長!?」

「……!?」

船橋の士官たちが、ハッと何かに打たれたように注目する。

「まさか」

「まさか船長」

「船長、言うことを聞くのですか。ここは中国の領海だから出て行けとか言う、あのスホーイの無茶苦茶な主張を聞くのですかっ？」

「やむを得ん」

船長は頭を振る。

「このままでは、消火作業が出来ない」

「――――」

「――――」

絶句する乗組員たちの背中に、再び爆音が迫って来る。

ドゴォオオオッ――

「また来ますっ」

ウイング・ブリッジの士官が叫ぶ。

「旋回して、また襲って来る！」

「船長っ」

通信士もコンソールから振り向いて叫んだ。

「あのスホーイから、また警告です。『ただちに中国領海から退去しないと、今度は船橋を粉砕する』と脅していますっ」

上空　F15

ズゴォオオッ
傾いていた海面が、水平に。
風谷がCCPとやり合っている間に、再びフランカーは旋回をし終わった。風谷も右後ろの位置をキープし、追従する。イーグルの機体を水平に戻す。HUDの前方視界には、黒い屏風のような島影を背景に、白い観測船が真正面に横向きに浮いて、ぐんぐん近づいて来る。

「——くそっ」

どうすればいい。

奴は、また撃つつもりか。

しかし低空でこれだけ機動している。燃料は物凄く食っているはずだ。追い回していれば、いずれ燃料がビンゴ（最低帰還必要量）になり、勝手に飛び去るのではないか——

いや。

もし最初から、この示威行動を行なった後に機体は海へ捨て、搭乗者は待ち受けた潜水艦にでも拾われる〈計画〉だったら……？

機体を深海へ投棄し、搭乗者が潜水艦に拾われて逃走してしまえば、領空侵犯の〈証拠〉は何も残らない——帰りの燃料を心配しなくていいなら、スホーイ27は四〇〇〇キロの航続距離を持つという。上海と東京を無給油で往復出来る航続力だ。しばらく暴れ廻れるだろう。

（——）

ちらと考えているうち、白い船体はさらに近づく。

どうする。

やはり、撃墜——

その時、

『ブロッケン・ワン、編隊長、こちらはCCP先任指令官だ』

ふいに別の声が、イアフォンに入る。

『聞こえるか。命令だ。アンノンは撃墜するな』

「……？」

『聞いているかブロッケン・ワン、先任指令官だ。無理な命令をしてすまない、このケースでは〈急迫した直接的脅威〉が使えない。国際問題になる。われわれに打つ手はない』

府中　中央指揮所

「すまないブロッケン・ワン、出来る範囲で警告して、アンノンを追い払ってくれ」

葵は自ら指示をしながら、何も映っていないスクリーンを見上げて唇を噛み締めた。

くそっ……！

せめて、情況がここに表示されていれば——！

AWACSを引き揚げさせたのは、誰なんだ。

歯噛みしながら、マイクに続けた。

「海保の乗組員は、素人じゃない。アンノンは爆装しているのか？」

尖閣諸島　F15・コクピット

『アンノンは爆装しているのか？』

「……いいや」

からからに乾いた喉で、風谷は無線に応える。

「そのようには見えない」

HUDの正面やや左に浮かぶフランカーは、主翼下はクリーンの状態だ。何も吊しているようには見えない。スホーイ27は、旧ソ連で設計された時、広大なシベリア領土を防衛するため機内タンクのみで長大な航続距離を得るようにされたという。増槽も付けていない。

「爆装はしてない、ミサイルもない」

なのに、どうして俺たちはこんなに、舐《な》められなくてはいけないんだ……！

『ハハハ』

笑っている。

『チキン』

「CCP、〈直接的脅威〉も使えないって」

『すまない。説明している暇はない。やれば国際問題になる。撃墜は駄目だ。出来るかぎり、粘り強く警告しろ。海保の乗員たちなら、助かるための対処は自分たちで出来る』

「……くっ」

白い船体が眼前に迫って来る。

風谷は、フランカーの右後ろに、くっついて行くしかない。それしか出来ない。横に並んで前に向かって警告射撃をしたら、一緒に観測船を撃ってしまう。

測量船〈照洋〉

『船長、大変ですっ。こちら機関室、機関長』

船橋のスピーカーに、別の報告が入った。

機関長……？

船長はマイクを取る。

たった今『機関始動・全速前進』を指示したばかりだが——

「機関室、どうしたっ」

『報告します。先ほどの被弾による火災で、蓄電池からの動力線が焼けている模様です。電気が来ません。モーター推進、不能です！　メインのディーゼルは火をおとしてしまったので、再始動には最低十分かかりますっ』

「な――」船長は、マイクを握ったまま絶句する。「何だとっ？」

『蓄電池は船首下部にあるんです。われわれは、動けませんっ』

「スホーイが来るぞっ」

ウイング・ブリッジの士官が叫ぶ。

「イーグルを横にくっつけたまま来る！」

「ぜ」船長は、船橋の中を振り向いて叫んだ。「全員、下部へ退避せよ。急げっ！」

上空　F15

「お。おいやめろっ！」
ヴォオオオッ
横向きに停止している白い船体が、間合い二〇〇〇フィートを切って眼前に迫った時。

突然フランカーが撃った。

左前方に浮かぶ暗緑色の機体の、左翼付け根が黒煙を噴くのを目にして、風谷は叫んだ。

「やめろっ」

また撃った……!?

ヴォオオッ

しまった。

フランカーは機関砲を放った。疾い筋のようなものがまた前方へ伸び、海面に連続的に水柱を立てると、今度は白い船体の中央部をまたぎ越した。観測船の上部構造が打撃されてひしゃげ、巨人の拳にボコボコ打たれたようにへこみ、粉塵《ふんじん》のような煙。

船体中央部に命中……!?

息を呑む間もなく、フランカーについて、爆煙に包まれる観測船を飛び越す。

「——く、くそっ」

畜生っ……!

観測船がやられた。どのくらいのダメージだ……!?　死傷者は——いや、振り向いて見ている余裕はない。

くそっ。しまった、何とかして警告しようとして、相手を撃てない位置にいた。

せめてさっきのように、真後ろからミサイルをロックしておけば――

「くそぉっ」

撃墜するな――って……!?

このまま、やられ放題になれっていうのか！

『ハハハッ』

左前方、観測船を飛び越した中国機の搭乗者は、爽快《そうかい》な気分を表現するように哄笑《こうしょう》した。

続いてまた左旋回へ入ろうとする。

『ハハハハハッ、チキ――』

だがその時。

ゴウッ

ふいに、コクピットの日が陰った――と思うと。

何か疾い影が、すぐ頭上を通過して追い越すと、風谷のすぐ前方で左旋回に入ろうとしていた双尾翼の機体に覆いかぶさった。

ぶわっ

「――!?」

風谷は、目を見開く。

「――な」

第Ⅱ章　わたしはイーグル

1

尖閣諸島　魚釣島　測量船〈照洋〉

「あ——」

二三ミリ機関砲弾が霰《あられ》のように上部構造を直撃した時、船橋要員で階下のレベルへ逃れられた者はなく、結局全員が床に身を伏せるしかなかった。

上部構造のひしゃげるズガガンッ、という凄《すさ》まじい衝撃と同時に、すぐ頭上を複数の爆音が通過。激震する床にただしがみつき、船長はなすすべなく歯を食い縛って通過した機影を窓に追った。くそっ、自衛隊は——やはり平和憲法のせいで、何の役にも立たないのか。自衛隊に見切りをつけて海保へ入り直したという副長の発言は、正しいのか……！

　だが次の瞬間。

「――!?」

　船長は、上目遣いに見た上空の光景に、思わず目を剝《む》く。

　あ、あれは……!?

上空　F15

「な」

　風谷は、眼前の光景に目を見開いた。

「――何だっ？」

　ズゴォッ
　船のマストをすれすれに飛び越した先の、超低空。海面を這《は》うように、風谷のすぐ前を行く双尾翼のフランカーの上に、あろうことか逆さま――背面になった青灰色の機体が被《かぶ》さっている。イーグルだ。

（……!?）

風谷は目を剝いた。

背面……!?

何だこれは。

まさか、鏡――!?

ズゴォオッ
二番機だ。間違いない。しかしどこから追いついて来た、気配がまるで――いや、いったい何をするつもりだ。スホーイの真上に背面でかぶさるなんて……！

風谷は数分前にスホーイ27の影を目にしてから、自分の背後――四マイル後方に置いていた二番機の存在が頭から吹っ飛んでいた。

「か」

鏡、と風谷が言う前に、

『ハハハ――ハ!?』

中国機の哄笑が止まった。

四つのノズルが、風谷の眼前で踊っている。暗緑色のフランカーは観測船を銃撃した後、何度もやったように左急旋回に入ろうとしていた。しつこく再度船を襲う機動だ。しかしその旋回の初動を押さえ込むように、頭上から突如、左ロールをうったF15が背面で覆いかぶさったのだ。

ズゴォオオッ

信じられない。

どうやって後方から追い越して、機体を背面にすると同時に精確にフランカーの真上へ速度を合わせ、覆いかぶさったのか……!?

『――ワッ、ワッ!?』

鏡機は、フランカーよりわずかに前へ出ていて、その垂直尾翼先端と相手機の主翼上面との間隔は一メートルもない。

驚いた声を上げる中国機は、しかし再度左旋回に入ろうとする。すると上がったフランカーの右翼が逆さになったF15の垂直尾翼にカンッ、と当たり、反発力か、数フィート高度をロスして沈み込む。真下に腹をこするような波頭。

『ワ、ワァッ』

その頭上から、さらに鏡機――機首ナンバー978のイーグルの後ろ姿は背面のまま、ぐうっと高度を下げる。

カンッ

逆さになったＦ15の垂直尾翼が、スホーイ27の主翼一体型胴体の上面を叩《たた》く音が、風谷には聞こえた。尾翼先端の衝突防止灯の赤いレンズが吹っ飛んで散る。

「――！」

凄《すご》い。

どうしてこんな操縦が――いや、鏡黒羽は、いったい何のつもりだっ……!?

背面でかぶさったＦ15に、スホーイ27は組み伏せられたように、動けない。旋回して離脱しようとすると、フランカーの主翼上面に立ち上がりかけたフライト・スポイラーをイーグルの垂直尾翼が小突いて戻してしまう。

コンッ

（――！）

あ、ありか。こんなの……!?

風谷は目を剝くが、

ぴたっ

魔法のように、スホーイ27は海面すれすれに押さえつけられ、身動きが取れない。しかも鏡黒羽のＦ15は、フランカーよりも前方へ出ており、空力的にも圧倒的に不利な背面姿勢なのだからこれは〈敵対行為〉にも当たらない。フランカーは急減速して、Ｆ15を撃てばいいのだが――出来ない。この体勢からパワーを絞れば、どんなにうまくやっても機体は数フィート沈み込む。真下の波頭に尾部をぶつける。

『◎※▼☆〜！』

中国機の搭乗者のわめく声が、無線に充満した。「どけ、どけ」と言っているのか。しかし強引に左右へ旋回しようとしても、

「……凄い」

風谷は息を呑《の》む。

横へ機動しようとすると、黒羽のイーグルは一瞬早くそれを読んで、垂直尾翼でゴンッ、と小突いて戻してしまう。そしてさらに、ぶつけるように高度をおとす。

グォッ

涙滴型の風防と風防が、陽にきらきら光りながら間隔をせばめ、ぶつかりそうになる。

逆さまの風防の中で、小さめのグレーのヘルメットが頭上――つまり真下のフランカーを見上げながら機をコントロールしている。

『〜〜〜〜〜〜!!』

中国機が何か叫び、同時にフランカーの二本のノズルが火焔《かえん》を噴いた。

ドンッ

アフターバーナーだ。加速した。逆さまのF15を、海面を這いながら前方へ抜き去ろうとする。

ドグォッ

だが、

『――ウ、ウワッ!?』

次の瞬間、突然前方に、魔法のように巨大な黒い岩壁が現われた。

『ワッ、ワッ、ウワァーッ!』

今まで、すぐ頭上の背面のF15に気を取られ、進行方向を見ていなかったのか……!?

いやそれは、風谷も同じだった。

悲鳴が上がると同時に、フランカーにかぶさっていたF15がくるっ、と水平に戻ると上昇、離脱した。

その向こうに、魚釣島の黒い巨大な屏風《びょうぶ》のような絶壁。

「……くっ!」

風谷も反射的に操縦桿を引き、機を急上昇させる。ぐうっ、と下向きのGと共に黒い岩壁が猛烈な勢いで視界を上から下へ流れ、腹をこするような近さで、尖《とが》ったぎざぎざの山頂が機首の真下に見えなくなる。飛び越した……！

あのフランカーは……!?

（――！）

風谷は振り向く。

アフターバーナー全開で、岩壁へ突っ込んで行ったのだ。飛び越すには速度が出過ぎていたかっ……？

いや、いた。

魚釣島の山頂をギリギリ激突寸前で飛び越したか――風谷の後ろ下方、五〇〇フィートほど下に、暗緑色のフランカーが浮いている。

まっすぐ、ふらふらと飛んでいる。アフターバーナーも切り、機動する気配はない。代わりに小刻みにおじぎするみたいに高度は上下し、無線に『フハーッ、フハーッ』と激しい呼吸のような音。

（――？）

あれは――

まさか、操縦桿を握り締める手が震えているのだろうか……？　さっきの俺みたいに。

風谷は直感した。

「…………」

と、
ひらり
どこにいたのか、ふいに視野の上方から鏡黒羽のF15が舞い降りて来ると、よたよた直進するスホーイの右横に軽々とつけた。

『フハッ、フハーッ――◎▽◆※～』

無線には中国語で、うわごとのようなつぶやき。

あの中国機の搭乗者……？

無線の送信スイッチごと、操縦桿を握り締めているらしい。何をうめいているのか。さっきの『チキン、チキン』という、人を馬鹿にしたような感じはもうない。激しく呼吸しながら、酔っ払ってでもいるみたいだ。

『警告する』

アルトの声が、ザッ、と無線に入った。

『貴機は、日本領空を侵犯している。ただちに領空外へ退去せよ』

鏡黒羽の声――いつもの声だ。あれだけの操縦をした後で、一つ年下の女性パイロットの声は淡々と呼吸も乱していない。

　だが、

『アウ、アウワ、アワ──』

　よたよた直進する中国機の搭乗者は、意味不明のうわごとを繰り返す。

　まさか、錯乱しているのか……？

『アウ、アワワ、アウ』

『言うこと聞かないと撃つぞ、こらぁっ！』

　ふいに鏡黒羽が怒鳴ると、
　パリパリッ
　暗緑色の機体と並んだイーグルの左翼付け根から、オレンジの曳光弾《えいこう》がひと筋、前方の空間へ鞭《むち》のように伸びた。

『──ヒ、ヒィイイイッ！』

　フランカーの搭乗者がついに悲鳴を上げ、再び双発のノズルからドンッ、と火を吐くと、暗緑色の戦闘機は北方の海面へ最大加速で遁走《とんそう》した。

　ドグォオオッ

たちまち、見えなくなった。

2

東京　汐留　D通本社制作スタジオ　夕刻

『――ただいま入りましたニュースです。本日の昼、中国軍のものと見られる戦闘機が沖縄県尖閣諸島・魚釣島周辺の日本領空を侵犯し、この島の周辺で海底調査中だった海上保安庁所属の測量船〈照洋〉に対して銃撃を行なった模様です』

「………」

午後六時。

CM撮りのスタジオの控え室で、ヘアメイクをしてもらいながら、次の週に出る雑誌のグラビアをめくっていると、鏡の前に置いていたワンセグのテレビ画面で、夕方のニュースの女性キャスターが低い声で気になる内容の原稿を読み上げた。

『海上保安庁の発表によりますと、銃撃された〈照洋〉の乗組員に死傷者はなく、中国軍機は駆けつけた航空自衛隊スクランブル機の警告によって、間もなく飛び去りました』

「……？」

秋月玲於奈は、広げたグラビアから画面に目を移す。

沖縄、航空自衛隊、スクランブル――いくつかのキー・ワードが、注意を向けさせた。

（スクランブル……？）

よく聞いていなかったが、小さな携帯の画面に『中国戦闘機、測量船を銃撃！』という派手なテロップが出ている。テロップの後ろに、煙を上げる白い船を上空から撮った映像。『海上保安庁提供』と表示され、バンクを取ったプロペラ機の窓から撮影した、傾きながら回転するような映像だ。

沖縄――

戦闘機……。

「ほら」

ヘアメイクの女性スタッフが、両手で頭を押さえて『前を向いて』と促す。

「もうちょっとですから」

「……あ、はい」

『――では続いて、霞が関の国土交通省から、海上保安庁長官の会見です』

ニュースは続く。

ひょっとしたら——

玲於奈は、猫を想わせる切れ長の目を動かして、またワンセグの画面を見やるが、

「玲於奈さん」

若い男のスタッフが、丸めた台本を手に、控え室のドアを開けて呼んだ。

「スタジオ、準備出来ました。スチル行きます、いいですかっ？」

「は〜い」

玲於奈の代わりに、ヘアメイクの女性が返事をする。

「今、出来上がったわ。今日のは大変」

今回は、新しく発売される缶コーヒーのコマーシャル・フィルムへの出演だ。

男が攻めに出るとき、自分を鼓舞するために飲む——というコンセプトの製品で、玲於奈も缶コーヒーの外装と同じ『赤と黒』を基調にした黒いタイトミニのコスチュームだ。

なぜか、ストレートロングの髪の中から尖った造り物の猫の耳が二つ、上向きに飛び出している。顔のメイクもミュージカルに登場する猫のようだ。

魔法を使う猫娘が、手持ち小道具のリボルバー拳銃を、主人公の若いサラリーマンの男に向けて差し出す。男がおそるおそる受け取ると、ＣＧ処理で拳銃が赤と黒の缶コーヒー

に変わる——という筋書きのコンテをさっき見せられた。

玲於奈さんは、魔法を操って主人公の男を助けてくれる、まぁ謎《なぞ》の黒猫娘ってことで。

四十代のCMディレクター（著名な人らしい）が、皮肉っぽく見える笑いを浮かべ、説明をした。

今の時代、若い男はどいつもこいつも軟弱ですからねぇ——あなたのような眼力《めぢから》のある女性が、励ましてやらないと。

打ち合わせもそこそこに、衣装合わせとメイクに入った。

撮影は、また深夜まで続く予定だ。

（……スクランブルって——昼間のあの電話と、何か関係あるのかな）

メイク席を立ち上がりながら、秋月玲於奈は携帯を手に取って、その画面をちらりと見た。ニュースは続いているが、仕事だ。

お姉ちゃん——

——『スクランブルがかかった』

昼間、マンションのベランダで姉と交わした会話……。

突然の非常ベル。

騒然となる空気。

電話の向こうから伝わって来た、断片でしかないが——

——『スクランブルがかかった。行かなきゃならない』

沖縄の離れ島で、何か〈事件〉が起きたらしい。海上保安庁の船が煙を上げていた。外国とトラブルだろうか。

玲於奈は思った。

姉の現在の仕事と、やはり関係するのだろうか。

トラブルが起きて、姉は駆けつけたのだろうか。

生きて帰れたら、今夜あたり電話する——そう言った。

「——お姉ちゃん大丈夫かな……」

携帯を留守電のモードにして、バッグにしまいながら、猫コスチュームの女優はつぶやいていた。

「え?」

「あ。いえ、何でもないわ」

けげんな顔の若いスタッフに、玲於奈は猫耳のついた頭を振る。

「準備いいです。行くわ」

でもお姉ちゃん――

スタジオに向けて歩きながら、玲於奈は思った。

（心配だな。やり過ぎないといいけど……）

少女時代の姉――黒羽の顔が浮かぶ。

（……だってデビュー前の高等部の頃、お姉ちゃん渋谷でタイマンはって、負けたこと一度もないんだもの……。いっつも相手、ボコボコにのしちゃって――）

霞が関　外務省・アジア大洋州局

『それでは国土交通省内部にある、海上保安庁本部から中継です。桜庭さん』

『はい。こちらでは、海上保安庁長官による会見が始まろうとしています』

天井から吊《つ》り下がったＴＶモニターの画面で、フラッシュがさかんに焚《た》かれる。

「お前の、言ったとおりになった」

このような事態のとき、報道をウォッチ出来るようアジア大洋州局ではTVモニターを三台設置している。NHKを含む三局ともが、同じ会見の中継映像だ。

民放の画面テロップは『中国戦闘機、測量船を銃撃！』のまま。大写しになるのは、背広の海上保安庁長官（国会議員ではなく官僚）と、両脇《りょうわき》に白い制服の幹部。

「やばいことになったな、団《だん》」

夏威総一郎は、中継の画面を横目で見ながら、アームバンドで袖《そで》をまくったワイシャツ姿でパソコンの原稿を打っていた。

原稿を打ちながら、肩に挟むようにした携帯に話している。

「──ああ、そうだ。今、中国政府に対する〈厳重抗議〉の草稿を最終調整している。うちで作って大臣官房へ上げて、間もなく呼び出す駐日中国大使に突きつける。今回は〈遺憾の意〉では済まされん、〈厳重抗議〉だ」

カタカタとキーボードを打ちながら、夏威は天井のTVモニターをちらりと睨《にら》む。

しかし遅い……。

鋭い目の眉《まゆ》を、ひそめる。

政府は、いつまで現場の役人に──海保の長官になんてしゃべらせておくんだ……？

『俺も、まさかこうなるとは思わなかった』

携帯の向こうで、通話の相手は言う。

『昨夜、丸肌《まるはだ》防衛副大臣が、航空総隊の組織を無視して、府中の頭越しにどこかの部隊に何か命令したらしい――そう摑《つか》むのがやっとだった。まさか日本の周辺からAWACSを全機引き揚げさせていたなんて、判明したのは〈事件〉が起きる直前だ』

「いったい、丸肌は何のつもりだ」

『分からん』通話の相手も舌打ちする。『ただ、主権在民党の国会議員百四十人という〈大訪中団〉が、淵上幹事長に率いられて今朝、北京入りしている。それとの関係かも知れん』


通話の相手は、市ヶ谷にある防衛省の内局・防衛政策課の課長補佐、団三郎《さぶろう》だ。夏威の古巣である防衛省の、キャリアの同期生だ。

一年前、防衛官僚であった夏威は、〈省庁間人事交流〉によって防衛省から外務省へと出向させられて来た。しかし古巣との連絡は、密に保っている。

『こっちでは』団は言う。『先ほど那覇で、スクランブルの編隊長に対する〈聴取〉が終わった。間もなく詳しい報告が、上がって来るだろう』

「府中は、警告射撃を許可したのか？」

『ああ、した。詳しくはこれからだが、スクランブルの編隊長は、規定通りに冷静に対処してくれたらしい』

その言葉に、

「すまん」

夏威は、キーボードの手を止め、肩に挟んだ電話にわびる。

「俺が、五年前に『あの法案』を無理にでも通していれば——領空に入り込んだアンノンを、撃墜させてやれたんだ」

『仕方ないよ。それより夏威』

「——うむ」

『政府の対応が、遅くないか。妙に遅い』

「うむ」

夏威はうなずく。

夏威や団三郎ら官僚が、会話で『政府』と口にするとき、それは自分たちの官庁ではなく、政権与党の内閣のことを指す。

「俺も今、そう思っていた。遅い。前の政権だったらとうに臨時閣議を召集し、官房長官の臨時記者会見を開き、日本政府の〈事件〉に対する公式見解を発表しているはずだ。前

の自由資本党も中国には弱腰だったが、素早く対応して、言うことはちゃんと言ってい
た」
政府――
昨年の総選挙で、政府（政権）は変わった。長年に渡り日本の経済成長を舵取《かじと》りして来
た自由資本党を下し、歴史的な政権交代を成し遂げ、与党となったのは主権在民党。
しかし、あの連中は……。

夏威が唇を噛《か》んだとき。

「夏威課長補佐」

事務官の一人が、オフィスの一方から早足で来た。

「局長がお呼びです。〈厳重抗議〉の草稿は出来たか、と」

「今、出来た」

夏威はうなずきながら、原稿をメールに添付して、大臣官房のアドレスへ送信する（大
臣秘書がプリントアウトして清書する手はずだ）。肩に挟んだ携帯に「また電話する」と
断って切り、席を立ち上がる。

「局長は、部屋か」

「はい」

「課長は？」

「官邸です。『連絡を待つ』と言っておられます」

「分かった」

長身の夏威はスーツの上着をはおると、若い事務官を伴ってフロアの奥へ向かう。

十階のフロアの西側の角に、ガラスの壁とブラインドに区切られて、局長室がある。

「おう、夏威」

アジア大洋州局長・半沢《はんざわ》喜《き》一郎《いちろう》は、うちわで上半身を扇《あお》ぎながらソファで待っていた。てかてかと禿《は》げ上がった頭に、開襟シャツ姿。あまり外交官らしくはない。その五十代半ばの半沢が大股《おおまた》を開いて座る応接セットの後ろに、日の丸を立てた執務机があり、窓の背景には蒼《あお》くライトアップされた国会議事堂。

「暑いな、しかし」

半沢も夏威と同様、外様の外交官だ。旧通産省でキャリアとして採用され、途中で外務省に出向して、中国との産業交流に詳しいことから、そのまま居ついて局長になってしまった。

育ちの良い優等生が多いという外務省で、ネクタイもせずに手ぬぐいを腰に付けて歩いたりする（実際、野菜を作るのが趣味だと公言している）。夏威とは『他省庁の出身同士』という共通点で、初めから暗黙のうちに仲間意識のようなものがある。

夏威が報告すると、

「〈厳重抗議〉の草稿は、たった今、大臣官房へ提出しました」

「うん、うん」

半沢はうなずいて、うちわでさしむかいのソファを指す。

「まぁ座れ。中国大使が到着し次第だな、大臣執務室へ邪魔して、抗議文の手交を補佐する。実際は大洋州局の俺たちで読み上げて突きつける。いいな」

「心得ております」

「よし。まぁ座れ、見ろ」

半沢は、局長室のTVをうちわで指した。

画面はCNNだ。

どこかの国の軍の基地か。高い金網のフェンスの外側に、紅いのぼりを無数に立てて、群衆が押し寄せている。のぼりには縦書きの文字。漢字だ。『愛国無罪』『釣魚台中国固有領土』『是愛国英雄』などと読める。

「――」

夏威は、ソファを勧められ、腰を下ろしながら画面に眉をひそめる。

「これは中国ですか」

「そうだ、例の領空侵犯のスホーイが逃げ帰って着陸した、杭州の人民解放軍基地だそうだ。上海の少し南だな」

「この民衆は……？」

「中国当局は、今回の〈事件〉をあくまで『国を愛する軍の一部の者が、血気に逸《はや》って勝手に個人的に企てた行動』であると言い張っている。軍の作戦ではなく、個人の犯罪だと」

「馬鹿なことを」

「スホーイの搭乗者は、広東の飛行隊に所属する将校だが、自分の基地までは帰りつけず、杭州の基地に強行着陸した後、一応身柄を拘束されたと発表されている。それであやって民衆が『愛国心に基づく行動は無罪』と訴えて、集まっているということらしい」

「――」

夏威は、息をつく。

茶番だ……。

「夏威。俺たちが、しっかりしないとな」

「は」

「あの大臣は」半沢は、天井に顎《あご》をしゃくる。「執務室にいるあの新大臣は、主権在民党だ。〈厳重抗議〉はやめて〈遺憾の意〉にしておく、とか言い出しかねん」

「は、はい」

だがそこへ、

「た、大変ですっ」

別の若い事務官が、局長室に跳び込んで来て報告した。

「失礼します。たった今、中国大使が正面ゲートに到着されましたが——」

「どうした？」

「だ、大臣が」

若い事務官は、信じられないものを見て来たように、息を切らせて言った。

「大臣が玄関まで、迎えに出られましたっ」

「な——」

「何だとっ？」

外務省　庁舎一階

やめてくれ――

降下するエレベーターの中で、夏威は思った。

（大臣が大使を、玄関まで出迎えるだと……!?）

夏威たちが驚いたのには理由がある。

通常、相手がどんな大国であろうと、大臣は大使を『呼ぶ』ものであり、こちらから出向くことはない。

一国の外務大臣は、必ず他国の大使よりも『格上』だ。外交では、この原則を崩してはいけない――そんなことは一年前まで防衛官僚だった夏威でも知っている。

チン
一階につき、扉が開く。局長の半沢の汗ばんだ開襟シャツを先頭に、夏威、若い事務官二名が続いて中央通路へ出る。早くも、通路の先の正面エントランスの方から、ざわざわとした空気が伝わって来る。

「急げ」

半沢が言う。

「はっ」

夏威も続く。

（あの大臣――）

今度の外務大臣は、外交の常識など何も知らない、つい一年前までは市民運動家だった三十五歳の女性議員だ。主権在民党で、見栄えが良いのでいつも党首について歩き、頻繁にTVに顔を出していたから国民に人気が出て、新政権では外務大臣に抜擢《ばってき》されてしまった。『新しい日本の顔』とかのキャッチコピーで、週刊誌の表紙にもなっている。

しかし、
冗談ではない……！

夏威は大股で廊下を急いだ。

ここは俺たち官僚が、あの大臣に外交の何たるかを説いて、相手に舐《な》められる出迎えなどは思い止《とど》まらせなくては――

だが、

「待て、待て」

靴音を響かせて中央通路を行くと、エントランス・ホールの十数メートル手前で、ふいにバラバラッ、と目の前に背広姿の数人が立ち塞《ふさ》がり、全員で両手を広げて夏威たちを押し止めた。

「官僚は待てっ」

何だ——⁉

局長を、見知らぬ男たちと体当たりさせるわけには行かない。夏威はとっさに先頭に出ると立ち塞がった数人と対峙《たいじ》した。

何だ、こいつらは——知らない顔だ。

「おい、どいてくれ」

外務省の中央通路で、よそから来たわけの分からぬ人間たちが、あろうことか局長の通るのを手を広げて止める……？

あり得ない。

だが、

「駄目だ駄目だっ」

「官僚は戻れっ」

背広姿は五人いた。二十代から三十代。それぞれ顔を赤くし、唾《つば》を跳ばすようにしている。外務省の人間でないことは、夏威にだって見れば分かる。

こいつらは何者だ……!?

「おい。通してくれっ。アジア大洋州局長が、玄関に用だ」

「駄目だっ」

真ん中の男が、唾を跳ばして叫んだ。

「悪い官僚に、日本の外交を間違わせてはならないっ」

「な」

夏威は、瞬間言葉を失う。

何を言っているんだ、こいつらは――!?

「おい」

夏威は剣道五段だ。しかし外交官が手を出して、暴力を振るうわけには行かない。

玄関の警備員は――どこにいる……? どうしたのか、姿が見えない。

(くそっ、誰《だれ》かこの連中を――)

そのとき夏威の視界で、何かが光った。庁舎の外――エントランス・ホールの外側でパパッ、パッ、パッと白い閃光《せんこう》が連続してフラッシュする。報道陣が、玄関の外に押し寄せているのか……? 一階に配置された警備員は、報道陣の規制に手を取られているのか。続いて開け放たれた入口の向こう、玄関の車寄せに黒い大型ベンツがつく。ポールに紅い旗。

くそっ、どうする。

肩で押して、何とかして突破するか。

（やりたくないが——今、日本の外交を間違うわけには……！）

そう思った時。

フラッシュを浴びながら後部ドアを開く黒いベンツに、大理石のエントランス・ホールを横切って、白い女性のスーツ姿が早足で歩み寄るのが見えた。

「お——おいっ」

「どけっ」

夏威は妨害する背広たちを押し退《の》け、思わず前へ出ようとする。

だが

「駄目だ官僚っ」

「下がれ、下がれっ」

押し戻される。

く、くそっ……。

夏威の視界の中、十数メートル向こうで、ベンツから降りて来た恰幅《かっぷく》のいい中年男に、白いスーツの後ろ姿は駆け寄ると「まぁ、まぁこれは」とかん高い声を上げながらお辞儀した。

そのお辞儀の角度に、夏威は目を剝いた。

あ、あの女っ……！

「まぁまぁこれは大使、お暑い中をようこそお越し下さいました。ほほほ」

ほとんど一〇〇度（九〇度は確実に超えている）の角度で深々とお辞儀するスーツ姿――主権在民党参議院議員、咲山内閣の外務大臣・折伏《おりふし》さなえ（35）である。

日本の国会議員は――夏威は思う。日本の政治家は自分の選挙区で有権者を前にしたとき、お辞儀どころか投票してもらうためなら、土下座するのも珍しくない。

対して中国大使は、中国全土を支配する共産党の幹部だ。おそらくは生まれた時から党幹部の家の息子で、あのような歳になるまで、たぶん他人に向かって頭を下げた回数は両手の指の数ほどもない――

降り立った高級スーツの人物は、その四角い眼鏡の奥の目が糸のように細く、笑っているのか怒っているのか分からない。ただ憮然《ぶぜん》と、表情が読み取れない。

「――」

「お呼び立てして申し訳ありませんわねぇ、大使」

ほほほ、と上半身を折って挨拶《あいさつ》しながら、折伏外務大臣は手を口に当てて笑った。

「さぁさぁ、どうぞこちらへ」

「――――」

憮然とする、糸のように目の細い高級スーツの人物を、三十代の女性大臣は腰を折るようにして先に立って案内する。

その姿にパパッ、パッと報道陣のフラッシュが炊かれる。


く、くそっ……！

だがやめさせたくても、折伏さなえの半径五メートル以内に、官僚は一人も近づけない。

どこかからやって来た背広の連中はさらに十数人、全員で両腕を広げて人垣を作るように、夏威たち外務省職員の接近を阻んでいるのだ。

「おいおい何だ、あれはっ」

半沢が、叫んだ。

「あれじゃまるで、バーの入口で客を迎えるホステスじゃねえかっ」

すると、

「口を慎め。アジア局長」

官僚の接近を阻んでいる人垣の内側から、しわがれた声がした。

「国民から選ばれた大臣に対し、無礼だぞ」

「……!?」

「ぬう?」

夏威と半沢は、同時に驚きの息を呑む。

ふいに目の前に現われた人影。

この人物は……。

枯れ木のように痩《や》せた初老の男。それはTVでよく目にする風貌《ふうぼう》だ。両手を広げる背広たちを指揮するかのように、エントランス・ホールに立っていた。

「ふん」

夏威たちをぎょろりとした目でねめ回し、ふふん、と鼻を鳴らした。

(こいつは)

いつの間に、ここへ——?

「あんたかっ」半沢が、人垣越しに睨み返す。「何をしに来た、蛇川《じゃがわ》政調会長!」

3

外務省　正面玄関ホール

（——蛇川政調会長……!?）

現われた枯れ木のような初老の男の姿に、夏威は目を剝いた。

この人物が、なぜここに……。

TVの討論番組では毎週のように目にする、黒いしみの散った顔にぎょろりとした眼。齢《よわい》を重ねた爬虫《はちゅう》類を想わせるその風貌としわがれた声はまさしく、主権在民党のナンバー3、衆議院議員で全平教（全日本平和を愛する教職員組合）理事長を兼務する、蛇川十郎《じゅうろう》政調会長である。

「悪い官僚は下がっておれ、邪魔だ」

そのしわがれた声に反応するように、両手を広げる人垣がさらにぐいと胸を張るようにして夏威たちを押し戻した。

こいつら——

夏威は唇を噛む。

（こいつらは、主民党党員や議員の秘書か……!?）

ほほほほ。

目の前を、中国大使を先導するようにして腰を低くした白スーツの外務大臣が「ほほほほ」と通るが、手が出せない。

「まぁ大変でございますわね。領土問題は、いろいろと微妙でございますから、ほほほ」

「ちゅ、中国との間に領土問題なんて、最初から存在しないぞっ」

若い事務官が夏威の横で怒鳴るが、

「無礼だぞっ」

「官僚は下がれっ」

背広たちに押し戻される。

「下がれ、下がれ」

「官から民だ」

く、くそっ。

こいつら、どうやって庁舎内に入り込んだのだ……!?

（――――）

夏威は考えて、愕然《がくぜん》とする。

まさか……。大臣本人が招き入れたのか。この兵隊のような連中も、蛇川政調会長も
――

「おい」

半沢が抗議する。

「〈厳重抗議〉するために呼んだのに、大使に対して、あの態度はねえだろうっ」

すると、

「ふふん、〈厳重抗議〉などしない」

蛇川政調会長は、鼻を鳴らして言った。

「な」

夏威が思わず、声を出す。

「何だって……!?」

俺の苦労して書き上げた、あの〈厳重抗議〉をどうするつもりだ……?

つい三十分前までは。

折伏大臣は、尖閣諸島での〈事件〉発生を受け、組織から官房へ上げた『中国大使を呼んで〈厳重抗議〉する』という方針に、同意していたはずだ。

そのために、外務省へ中国大使を呼んだのだ。

だが、

「大使は、挨拶とお礼のためにお呼びした。お前たち間違った悪い官僚が、間違った悪い考えに基づいて平和を愛する折伏大臣をだまそうとしたので、この私が『指導』するため急きょ、駆けつけたのだ。大臣は〈厳重抗議〉などしない」

「何だとっ」

今度は半沢が目を剝いた。

「中国にあんなことをされて、〈厳重抗議〉しねえとは、どういうことだっ」

「あんなこととは、何だね」

蛇川は、両手を広げて『何のことか分からない』という表情をする。

「ふざけるなっ」

半沢は怒鳴りつける。

「中国軍機に巡視船を銃撃されて、抗議もしないというのか。まさか〈遺憾の意〉で済ませるつもりじゃねえだろうな!?」

「何を言っている。〈遺憾の意〉も出さんよ」

「――!?」

「……!?」

〈遺憾の意〉も出さない……!?

夏威は、息を呑んだ。

どういうことだ。

理解出来ない。

この政権与党の政調会長は、いったい何を言う。

だいたい大臣を『指導』しに来た……?

だが、

「アジア局長」

しわがれた声で、蛇川は続ける。

「君の言っている件は、あれだろ。今日の尖閣の事件だ。しかし中国政府の発表によれば、あれはあくまで軍の一部の者が個人的におかした犯罪だ。個人の犯罪に対して、国家間で非難の応酬がされるというのはおかしいだろう。ここは冷静に、ということだ」

「何を」

「馬鹿な」

夏威も言い返す。

「そんなものを、信じるのですか。ではこの件に関し、政府の公式見解は――官房長官の臨時記者会見はっ!?　前の政権だったらとうに――」

「公式見解など、無い」蛇川は喉仏《のどぼとけ》の出た首から上を振った。「そんなものは無い。日本政府はこの件に関し、抗議はしないし遺憾の意も出さないし、臨時閣議も召集しないし公式見解も特に無い。沖縄の離れ島で、個人による犯罪が起きただけだ。もちろん法治国家だから、海上保安庁はまぁ、犯人――当該機の搭乗員に対して、殺人未遂と公務執行妨害で逮捕状をとるだろう。だが犯人が中国に逃げ帰ってしまった。後はどうしようもないな」

くっくっく、と蛇川は喉仏を動かした。

「お前たち」

半沢が、睨み返した。

「いったい日本を、どうするつもりだ」

「くっくっく」

ただ蛇川は、喉仏を鳴らした。

那覇基地　司令部

『――次のニュースです』

一階の幹部控室のTVが、ニュースを流している。

「――」

「――」

がらんとした室内。日勤の幹部や隊員はみな帰宅してしまった。月刀と火浦は、くたびれたソファに並んで掛け、腕を組んで、もう一時間も報道番組を眺めていた。それしかすることが無い。

「ずいぶん、かかりますね。聴取」

月刀が、時計を見て言う。

「あぁ」

火浦はうなずいて、扇風機のついた天井を仰ぐ。

「もうそろそろ、解放されてもいいはずだが――」

「火浦さん」

「ん」

「風谷ですが」

月刀は、同じように天井へ目をやる。

「一つ相談なんですが。あいつを、民間へ出してやるわけに行きませんか」

「う〜ん……」


那覇空港の民間ターミナルからは、滑走路に沿って南側へ一キロほど離れた、航空自衛隊南西航空混成団の司令部だ。

司令部棟と、格納庫に整備施設、那覇空港をコントロールする管制塔もここにある。

滑走路に面したエプロンには、第八四飛行隊のF15J戦闘機が昼間の訓練を終え、ずらりと並んでいる。それぞれの機首のピトー管に装着された〈ＲＥＭＯＶＥ　ＢＥＦＯＲＥ　ＦＬＴ〉と赤い文字の入ったカバーが、潮風にひらひらと揺れている。

その列の端に、尾翼に他の機とは違う黒猫のマークをつけた二機が止まっている。機首ナンバー９３３と９７８。スクランブルから帰投した、小松第三〇七飛行隊所属のイーグルだ。

この二機の周囲には整備員が集まり、可搬ライトを点《つ》けて、検査と整備が行なわれている。

機関砲の弾倉カバーが開けられ、残弾数がチェックされ、978号機の垂直尾翼には脚立が立てかけられて、何か鳥にでも当たって割れたらしい尾翼上端の衝突防止灯の赤いレンズが交換されている。

それらの様子が、幹部控室の窓から見える。

「う〜ん」

先ほどから二人は、訓練の終わったエプロンの様子を眺めたり、夕方のニュースを流すTVを見たりしながら、所在なく待っていた。

同じ司令部棟の二階では、彼らの部下——帰投した編隊長の風谷修三尉が、団司令部の幹部から任務内容の聴取を受けているのだ。

「民間、か」

火浦はつぶやく。

「俺も、風谷の様子を見ていると、そうしてやりたいんだが……」

「割愛《かつあい》の、枠がないのですか？」

月刀の言う『割愛』とは、防衛省割愛制度と呼ばれ、自衛隊パイロットを民間エアラインへ移籍させるルートだ。ただ、天下りという批判を受けやすいので、毎年の枠は少ない。

「いや、枠の問題じゃ無いんだ」

火浦は頭を振る。

「風谷は、これまで〈亜細亜のあけぼの〉と何度も遭遇して交戦し、原発も危機から護った。本来なら勲功で昇進していてもいいはずだが、原発空襲事件は政府によって『無かった』ことにされ、事件が無かったのだから勲功も無い、ということにされてしまった。でも無かったはずの事件を詳しく知っている」

「――――」

「国防機密を知り過ぎているから、風谷は自衛隊をやめても、一生公安の監視がつくだろう。それならば自衛隊で任務についていた方が、あいつにとっては自由でいい」

「――まったく」

月刀は「やはりそうか」と言うように、舌打ちした。

「政治家どもは、何をやっているんだか……。前の自由資本党政権もいい加減でしたが、今度の主権在民党は――」

『それでは、北京からの中継です』

報道番組は続いている。

『今日の朝、北京を訪れた主民党の大訪中団は、団長の淵上幹事長に率いられ北京市内を見学した後、先ほどから中国政府による歓迎晩餐《ばんさん》会に招待され、全員で出席しています。北京で中継の中山さん』

ＴＶの画面が、中継に切り替わる。

紅い内装の、天井の高い広大なホールのような場所だ。きらびやかに照明され、人で満杯になっている。

『はい、こちらは北京の人民大会堂ホールです。ちょうどこれから、中国国家主席と、主民党議員一人一人による〈握手撮影会〉が始まろうとしています。訪中団に参加した議員全員が、国家主席と握手をして、それを写真に撮らせてもらえるのです。百四十人もいるので、一人一人の持ち時間は六秒と言われています』

紅い絨毯《じゅうたん》の敷かれた真ん中に、玉座のように椅子《いす》があり、四角い眼鏡をかけた目の細い人物が座っている。報道の映像ではよく目にする中国の国家主席だ。

黒っぽい背広のいかつい人影が、中継映像のフレームの中に現われ、玉座のような椅子へ早足で近づいて行く。これも報道でよく目にする、主権在民党の幹事長・淵上逸郎だ。

『あっ、トップバッターは淵上幹事長です。今日、国会議員百四十人を含む、六百人あまりの大訪中団を率いて北京へやって来ました。新しく日本の政権を取った主民党の、存在感をアピールする訪中です』

拍手が起こった。

いかつい人影は、腹の出た上半身を折るようにして、椅子に掛けたままの国家主席と握手を交わす。日本国内ではこわもてで知られ、報道のカメラの前で笑うことなど滅多にないはずの大物政治家が黒ずんだ顔の筋肉を一杯に動かし、歯を見せながら握手している。

盛んにフラッシュが焚かれる。

『今、主民党ナンバー1とも言われる日本のリーダーと、中国のトップが固い握手です！』

ぱちぱちぱちぱちぱち

ぱちぱちぱち

「――」

「――」

東京　お台場　大八洲TV

「――くそっ」

大八洲《おおやしま》TV八階の報道センターでは、ずらりと並ぶ他局のモニターの一つを見上げながら、チーフ・ディレクター八巻貴司《やまきたかし》（33）が唇を嚙んでいた。

『ご覧ください、淵上幹事長に続いて、主民党議員たちが次々と国家主席と固い握手です。あふれる笑顔。歓声が沸いています。あっ、今回の選挙で初当選した、新人女性議員の姿も見えます』

夕方六時台のニュースで、北京の人民大会堂からの中継を流しているのは、民放のTV中央ただ一局だった。

今回の主民党の大訪中団には、大八洲TVも含め、在京各キー局が取材チームを随行させているが、中国政府から晩餐会の特別中継を許可されたのはTV中央一社だけだった。

他の局や新聞社、通信社などは晩餐会場に隣接したプレスセンターに控えさせられ、当局の公式発表だけを取材させられることになったと、現地の北京から報告があったばかりだ。

「腰ぬけどもめ」

ディレクター席の椅子から調整卓に両足を載せ、腕組みをしながら八巻は悪態をつく。

「ああやって国会議員が、百四十人も北京へ行っていると言うのに、誰一人、抗議どころか話題にもしやしない。そんなに向こうの国家主席とニコパチが撮りてえのか」

TV中央のオンエアを、モニターする画面。

中継リポーターが『新人女性議員』と呼んだ水色のスーツ姿が、一〇〇度以上の角度で深々と上半身を折りながら握手をしてもらっている。

すると、

『カメラも近寄らせてもらいましょう』

リポーターの声。

あらかじめ打ち合わせでもしていたかのように、中継カメラがスムーズに前進して、お辞儀しながら握手してもらっている水色のスーツを大写しにする。

『国家主席は腰がお悪いとのことで、本日は座ったまま、日本の議員たちとの交流を行なっています。今握手しながら挨拶しているのは、近山県選出の新人、水鳥あかね議員です』

『も、申し訳ありません、申し訳ありません』

まだ二十代と思える水色スーツの女性議員は、目の細い国家主席に握手してもらいながら、声を震わせた。

『日本が過去に残虐な悪いことをして、申し訳ありません』

『…………』

画面に音声は入らないが、座ったままの国家主席が細い目を動かし、何か言葉をかけた。

すると女性議員は『えっ』と驚き、顔を上げ、目の細い老人の顔をまじまじと見やると、次の瞬間『ううぅっ』と感激したように表情を崩し、涙をあふれさせながら床にくずおれた。

『ありがとうございます、ありがとうございますっ、うわぁあ、うわあぁああ』

「――――」

八巻はモニターを見上げながら、噛んでいた唇をはなして、思わず口を開けていた。

そこへ、

「やはり駄目です、チーフ」

報道センターの若いスタッフが、走り寄って報告した。

「北京から連絡です。うちのチームが、今日の尖閣の事件について質問しようとしたところ、中国当局にプレスセンターから追い出されてしまいましたっ」

「やはりそうか」

八巻は舌打ちをする。

「沢渡《さわたり》でも駄目だったか」

「はい。沢渡記者と道振《みちふり》カメラマンは、中国スポークスマンに対して『尖閣を襲った戦闘機の搭乗員を、犯罪容疑者として日本政府へ引き渡す意志があるのか』と突撃して訊《き》いたところ、たちまち警備要員につまみ出されてしまいました」

「くそっ。うち以外に、大会堂のプレスセンターで、中国当局へ尖閣の事件のことを訊いた局や社はないのか」

「ありません」スタッフは頭を振る。「うちの系列の大八洲新聞は、初めからプレスセンターに入れてもらえていませんし――NHKも訊いていません」

「腰ぬけどもめっ」

八巻は唸《うな》った。

「仕方ない、周辺取材に切り替えさせろ」

「はい」

スタッフが走って行ってしまうと、チーフ・ディレクター席の八巻は携帯を取り出した。

タッチパネルを叩いて、どこかを呼ぶ。

「官邸取材班か――？　俺だ、八巻だ。尖閣の事件に関する官房長官の〈臨時記者会見〉は、まだ始まらないのか。いったい官邸はいつまで待たせるつもり――えっ」

調整卓に投げ出していた両足を降ろし、八巻は驚きの声を上げる。

「〈臨時記者会見〉は無い――って、どういうことだっ⁉」

石川県　小松基地

「はめられたのかも知れないな」

防衛部のオフィスで、ソファの前のＴＶを見やりながら日比野克明はつぶやいた。

日勤の事務の隊員などはあらかた帰らせ、オフィスはがらんとしている。

しかし遠く離れてはいるとは言え、第六航空団所属の風谷三尉が那覇で聴取を受けている。結果の報告を受けるまでは、防衛部長はオフィスを離れるわけに行かない。

「連中は、この日を狙《ねら》って来たか……」

『ああ、何と言う光景でしょう』

ＴＶから、女性リポーターの声。

『ご覧ください。水鳥議員が、感激のあまり絨緞にひれ伏して泣いています。国家主席から、いったいどんな言葉をかけられたのでしょう』

「はめられた——って、どういうことですか。部長」

女性要撃管制官の一曹が、日比野の前のテーブルに茶を置く。これで三杯目だ。

那覇で報告書がまとまり次第、メールが入ることになっている。事務職は帰らせてしまったので、日比野が頼んで防衛部に詰めてもらっていた。

「テーブルの上では笑顔で握手して、テーブルの下では脚を蹴《け》って来る――ってことさ。これが中国のやり方か」

日比野は腕組みをする。

「主民党政権に変わってから、日本政府のやることもますますわけが分からない。普通は昼間にあんな〈事件〉が起きれば、総理大臣が臨時閣議を召集して、官房長官に〈臨時記者会見〉を開かせて何らかの声明を出すものだ」

「そういうニュース、流れないですね。そう言えば」

ＴＶ画面では、国家主席の足下で紅い絨緞にひれ伏して泣いている新人女性議員がアップになっている。その震える背中に、フラッシュが盛んに炊かれる。

「部長」

「ん」

「一つ、気になったのですが。お訊きしてもいいですか」

二十代の女性管制官は、質問して来た。

「失礼でなければ――」

「何だ」

「昼間のことです。部長は、地下の要撃管制室で、那覇に派遣した三〇七空の搭乗割ボードをご覧になって『よかった、こうでなくてはいかん』って言われたでしょう」

「ああ、あれか」

日比野は頭を振る。

この女性管制官は、アシスタントで昼間も地下にいたらしい。現場を見ていたのだ。

日比野が「編隊長は誰だ」と訊くところを、どこか横の方で見ていたのだろう。

実際、ボードで『出動した一番機は風谷三尉』と確認し、火浦隊長が自分の指示に反して勝手な搭乗編成をしていないことを知り、ほっとしたのは本当だ。

「あれは、何でもない」

「そうですか」

「いや――何でもない、と言いたいが」

「はい」

盆を手に立っている女性管制官は、しかし関心があるのだろう。知りたそうにしている。

「ううむ――」

女性管制官が知りたがっているのは、おそらく同じ女性でパイロットをしている鏡黒羽三尉の処遇のことだろう。

日比野は、普段からの自分の『考え』を話してやるべきか、と思った。

他人にあまり言ったことはない。しかしこの〈問題〉は、ひょっとしたら基地の女性幹部、女性隊員全体の士気にもかかわる……。仕方がない、話そう。

「君が気にしているのは、鏡三尉の任用のことだな。そうだろう」

「はい」

スカートの制服の一曹は、うなずく。

やはり、そうか――

日比野は続ける。

「君は、多分こう思っているんだろう。鏡三尉が、三〇七空でもう何年もOR〈実戦要員〉のパイロットとして飛んでいて、二機編隊長資格もとっくに取っているのに、一度もアラートの編隊長を任されたことがないのは、おかしい。気になる」

「はい」

「これはひょっとして鏡が女性だから、差別されているのではないか――？　航空自衛隊は、女性の隊員や幹部を結局は軽く扱って、国民向けの広告塔か何かのように考えていて、本気で用いる気がないのではないか――？　そのように感じているのかな」

「は、はい」

女性管制官は、遠慮がちだがうなずいた。

「実は、わたしはずっとそうなんだろうって思っていました。だって鏡三尉、いつも不満そうにしているし――評判では操縦の腕は凄くいいんだって……。編隊長になれないのは、女だからだろうって。基地の女性隊員、みんなうわさしてます」

「そうじゃない」

だが日比野は、頭を振って否定した。

「そうじゃ、ないんだよ」

「はぁ」

「分かった」

日比野は唇を嘗《な》めた。

「話すから、みんなには内緒にしろ。いいか」

「は、はい」

「実は、前にな」

「はい」

「前に、俺は、あるベテランのパイロットに言われた。鏡の部隊教育を担当した、退役前の二佐だったが――鏡とのフライトを終えて、俺にこう言った。『あれは凄いな、天才みたいなところがある。アラートには出さんほうがいい、何かの拍子に死んでしまう』」

「…………」

「それだけじゃないんだ、鏡に関しては」

「…………」

「とにかく、管理する側としては」日比野は息をついた。「自分を天才だと思っているようなパイロットを、スクランブルの編隊長で出すわけには行かない。何をやらかすか、分からないじゃないか。〈対領空侵犯措置〉の編隊長には、風谷三尉のような男がちょうどいいんだ」

那覇基地

一時間後。

「――うっ」

風谷はまた気持ちが悪くなり、宿舎の部屋までは持ちそうにない。司令部一階の廊下にあるトイレに駆け込むと便器に向かって吐いた。

身体を折るようにして吐いたが、もう胃の中には何も残っていなかった。昼間から胃の中にあったものは、さっき残らず吐いてしまったし——聴取が終わってからも、夕食を食べる気になどならなかった。

「………」

基地へ帰投してからというもの、風谷は、機体を降りるとすぐ司令部二階の会議室へ連れ込まれ、スクランブルで出動した編隊長として、南西航空混成団の防衛部長らを相手に昼間の飛行経過をすべて〈説明〉させられた。

報告書の作成を手伝わされて、放免された後も、階下では直属の火浦隊長と月刀飛行班長が待ち受けていた。

さすがに火浦と月刀は、ことの経過をあらためて「詳しく言え」などと求めはしなかった。風谷の様子と、顔色を確かめると「よし、帰って休め」と言ってくれた。

あれは、俺がまたＰＴＳＤの症状を出したりしないか、それを見届けるために待っていたのだな——

上司であり先輩でもある二人の顔を浮かべ、風谷はそう思った。

（――――）

トイレから廊下へ出ると、脚がふらついた。

どのくらい、疲労しているのだろう。放免されるまでは緊張していたが、張りつめていたものが抜けると、急にまた胃の辺りがむかつき始めた。

飛行中のような鋭い痛みは、来なかった。しかし、あてがわれている基地の独身幹部宿舎《BOQ》へ戻ろうとして、風谷は途中で二回、我慢出来ず廊下のトイレに駆け込んで吐いた。

「……くそっ」

とにかく、宿舎へ帰って休もう……。

自分がどれくらい疲労しているのか、自分でも分からない。

眠れるかどうかも、分からないけど――

（――〈説明〉も大変だったし……）

会議室では（聴取は三時間かかった）、地上で待っていた幹部たちが『納得』しやすい説明をしてやるのにも、神経を使った。

テーブルに積まれていた、何冊もの分厚い規定類のマニュアル。

聴取が終わると、まるでもう一回フライトをして来たかのようだった。

でも。

（……こんなこと、初めてじゃない）

そうだ。

風谷は心の中でつぶやく。

空中でひどい目に遭ったことを、降りてから根掘り葉掘り訊かれるという体験は、別に今回が初めてじゃない。

それに、海保の測量船の乗組員から死傷者は出なかった、という。

その知らせを会議室で聴取中に受け取り、気の重さが半分くらいになった。よかった——と思った。


司令部棟から出ると、風が吹いていた。

「————」

風谷は立ち止まると、深く呼吸した。

外はすっかり夜になっている。自衛隊の飛行は海自も含めて終わり、時折り発着する民航機のエンジン音が潮風に混じって響く。

フィールドを見渡すと、航空青（紫に近い色）の誘導路灯が闇の中に一列に並ぶ。

日が暮れた後、海に面した基地は涼しくなる。

〈移動訓練〉で那覇へ来ている三〇七空のパイロットは、全員が基地内の独身幹部宿舎《BOQ》に部屋をあてがわれている（各部屋にシャワーもある）。

宿舎は、海に突き出す敷地の南端だ。

那覇所属の独身幹部たちは、宿舎から司令部まで、基地の構内道路を使って自転車で通勤する。だが徒歩で行き来するなら、エプロンに面した格納庫の前を横切るのが早い。

（――――）

風谷はふと、立ち止まったまま、飛行服の脚ポケットのジッパーを開けた。入れたままにしている、小さな携帯電話を取り出した。

手のひらでスイッチを入れようとしたが、

「…………」

息をついて、やめた。

携帯をまた脚ポケットにしまうと、歩き出した。

エプロン脇の通路を、格納庫の方へ向かうと、がやがやと雑談の声が近づく。作業を終えて引き揚げて来る整備員たちの一群れと、すれ違う。

飛行服の風谷に対して、整備員たちは立ち止まり、敬礼した。風谷もこの時ばかりは背筋を伸ばし、軽く答礼しながら通る。

パイロットは、整備員を始め地上要員たちの前では常に颯爽《さっそう》としていなければいけない――航空学生の頃に、厳しくそう教えられた。パイロットは常に先頭を切って、颯爽と走れ。そうすれば後に続く者たちの士気が揚がる。

でも、帰投してふらふらになって機体から降りるところも、いつも見られているのだ……。

礼を解いて、すれ違う整備員たちが、雑談に戻る。

「班長、でも978のアンチ・コリジョン、どうして割れていたんでしょうね」

「分からねえな。鳥にでも当たったんじゃねえか」

司令部棟の詰所へ戻って行くのだろう、なごやかな空気の整備員たちの群れの後尾に、小柄なつなぎ姿が続いていた。女子の整備員が一人、分厚いバインダーを抱えている。赤いキャップ。兵装担当だ。

昼間、出動する俺の機体の下に駆け込んで、AAM3のピンを抜いてくれたのはこの子かも知れない……。すれ違いながら、ふとそう思った時、

フフ

赤いキャップの整備員は、帽子のひさしの下からちらと風谷を見上げると、笑った。

(……?)

笑ったように見えた。

風谷が見返すと、女子整備員は確かに「フフ」と含み笑いのようにして目をそらし、すぐに早足で行ってしまう。

何だ。

思わず、立ち止まって振り向く。

「……？」

俺の足取りがふらついていて、偉そうに答礼するところがおかしかったのだろうか
……？

赤いキャップの後ろ姿は、すると風谷の視線に気づいたように、くるっと振り向いた。

常夜灯の下に、顔の白さが際立つ。

「さっきから、お待ちですよ」

女子整備員は言った。

「……え？」

あっち、と言うように風谷の後ろを指さす。

「格納庫のとこ。もうずっと、さっきから」

それだけ告げると、赤いキャップは何か面白いものでも見たかのように含み笑いして、

またくるりと背を向けて行ってしまう。整備員たちの群れに追いついて行く。小柄でくるくるした所作に、栗鼠《りす》のような印象がある。

でも、

（……何のことだ？）

風谷は、わけが分からない。

五棟ある格納庫は、すでに前面扉をすべてクローズして、エプロンを照らす常夜灯が辺りをオレンジに染めていた。

人けもない。

「――――」

列線に並ぶイーグルのシルエットを、何気なく眺めて歩いて行くと、ふと何かが、目に入った。

（――!?）

あれは……？

第一格納庫の前面扉のシャッターにもたれて、ほっそりしたシルエットが立っている。

風谷が気づくと同時に、向こうもこちらを見た。

常夜灯に、猫のような切れ長の目が光った。

4

那覇基地　格納庫前

（――!?）

風谷が気づいて目を上げると、格納庫のシャッターにもたれて立っていた影も、こちらを見た。

あ、い、あいつは……。

ほっそりしたシルエットが、音もなく風谷の方を向くと、常夜灯に猫のような切れ長の目が光った。

「――――」

するりとした動作は、まるで闇の中に佇《たたず》む黒猫が、こちらを振り向いたように見えた。

でも猫ではない。オリーブグリーンの飛行服を着けている。

シルエットは細いが、女性と分かる。

風谷は思わず立ち止まり、呼んだ。

「鏡」

「――――」

シルエットは風谷を一瞬睨んで、その顔を確かめるようにすると、ぷいと横を向いた。

かしゃん
シャッターに、またもたれてしまう。

「鏡」


鏡黒羽。

三〇七空に在籍する、F15のパイロットだ。航空学生では風谷の一期後輩に当たる。そして今日、編隊の二番機を務めて後方にいた。

（こいつ……）

――『それだけ』
アルトの声。

風谷の脳裏に、午後のある場面が浮かんだ。

尖閣の上空から、やっとのことで那覇に帰着し、機を降りた直後のことだ。

こいつ……。

――『ただ、それだけ』

（………）

風谷は唇を噛むが、記憶のリフレインは、止まなかった。

数時間前、目の前の鏡黒羽と短く交わした会話。

その時の光景が蘇る。

四時間ほど前のことだ。尖閣諸島上空での〈対領空侵犯措置〉を終え、長駆那覇へ帰投した風谷は、着陸すると整備員の誘導にしたがって、司令部前エプロンに機体を駐機させた。

キィイイィン――

燃料も気力も、使い果たしていた。ようやく機体をパーキングさせ両エンジンをカットオフすると、燃焼音が止んでもまだ耳鳴りがした。

右手で酸素マスクを外した。

「――はぁ、はぁ」

ひゅうう
ヘルメットを取ると、ジェット燃料の臭《にお》いが混じる熱風がキャノピーを上げたコクピットに吹きつけ、頰をなぶった。

つんとした臭いを胸に吸い込み、風谷は肩を上下させた。

くそっ……。

頭が、くらっとする。まずい、歩けるかな――そう思ったが、搭乗梯子《はしご》を掛けて上がって来た整備員に手伝ってもらい、射出座席に身体《からだ》を縛りつけていた装具類を取り外すと、少し楽になった。

何とか、無事に任務を終えて帰ってくることは出来たか……。だが、機体を降りても、編隊長である自分は司令部に引っ張り込まれ、航空団の幹部から延々と飛行経過を〈聴取〉されることになるんだろう――

「………」

こういう時は、たいていそうだ……。

「三尉?」

風防の枠に両手をかけたまま、立ち上がろうとしない風谷を、整備員が覗《のぞ》き込んで来た。

「大丈夫ですか、三尉」

「……あ、あぁ」風谷は目をしばたたき、うなずく。「平気だ。今、降りる」

ちっとも平気じゃない……。風谷は思った。今回のフライトの経過を、いったい、どう報告すればいいんだ——?

考えながら、搭乗梯子を降りると、

カン

カン

隣のスポットに駐機した、機首ナンバー978のイーグルからも、搭乗者がこちらに背中を向けて降りて来るところだ。

PW／IHI・F一〇〇エンジンの燃焼音が止んでしまうと、周囲は妙に静かだ。

カンッ

西日に、シルエットが逆光になっている。ほっそりした飛行服は梯子の最後の二段をぽん、と跳び降り、両手でヘルメットを取った。

風が吹き、その肩の上で切りそろえた髪を舞わせ、横顔が覗く。日に灼《や》けた肌。きつい黒目がちの、切れ長の目。

（こいつ……）

見られているのに気づき、鏡黒羽も風谷をちらと見た。

だが、

「────」

何も言わない。前を向くと、ヘルメットと装具を抱え、ほっそりしたシルエットの女性パイロットは行ってしまう。

「お、おい」

風谷は、どう言うべきかと思った。

一瞬、迷った。

礼を言うべきなのか。あるいは指示もなく勝手にエンゲージしたことを、責めるべきか。

でも自分が、無事に帰り着いて地面に足を着けていられるのは──この言うことをきかない二番機のお陰なのだった。

「………」

言葉を出しあぐねていると、

コツ

ほっそりした後ろ姿はふいに立ち止まり、横顔がこちらを振り向いた。

猫を想わせる、きつい切れ長の目が一瞬、風谷を睨むようにした。

「すみません」

口を開いた。

「……え」

風谷が聞き返すと、

「すみません」アルトの声は繰り返した。「最近、バレル・ロールの練習をしていなかったので」

「え」

「後ろで見ていたら、あんまり暇だったので。一人で勝手に、練習させてもらいました。それだけ」

「……？」

何を言われたのか、一瞬風谷は面食らう。

バレル・ロール――？

練習――って……。

「……か」鏡――と言いかける風谷に、

「ただ、それだけ」

言い残すと、背を向けて鏡黒羽は行ってしまう。

装具とヘルメットを両手に下げ、体重の無いような、しなやかな足取りだ。

「おい鏡――」

だが追いかけようとする風谷の前に割り込むように、司令部のジープがブレーキをきしませて停止した。

「風谷三尉」

防衛部の幹部らしい、二佐の階級章をつけた地上幹部が助手席から呼んだ。

「三尉、任務ご苦労だった。悪いがただちに、司令部で飛行の経過を報告して欲しい。総隊司令部からも一刻も早くと命令されている。すぐに乗れ」

「は、はい」

風谷は、やはりこうなるのか――とうなずいた。

「では、装具を片づけ次第――」

「そんなものは、後でいい」

幹部は身ぶりで、早く後席に乗れと促した。

「装具なんか、その辺に置いとけ。すぐに乗るんだ、乗れ」


それから。

ジープは身ひとつの風谷を後席に乗せると、猛然と発進したのだった。

途中で、立ち止まった鏡黒羽があきれたように見送るのがちらりと見えた。

ジープはエプロンを横断してすぐに司令部棟へつけられ、二階の会議室へ引っ張り込まれると、後はカーテンを閉め切った室内で延々と、任務経過を〈聴取〉された。

何があったのか、三時間あまりも〈説明〉をさせられ、作成する報告書の一字一句も一緒に確認させられ、ようやくさっき放免されたのだ。

「――大丈夫そう」

アルトの声が、夜風に混じって聞こえた。

夜の風が吹いている。

民航の定期便がスポット・インしてエンジンを止めてしまうと、代わって闇の向こうから、潮騒の音が微風にのって来る。

鏡黒羽は、格納庫のシャッターにもたれてエプロンの方を見やったまま、風谷に言った。

「大丈夫そう」

「え」

「顔色。そんなに悪くない」

「え……？」

「司令部でいじめられて、もっと死にそうになってるかと思った」

な、何を言う。

風谷は、むっとした。

「十分、死にそうだよ」

「そう」

「連中に」風谷は、自分の背後を指す。「連中に納得してもらえるような〈説明〉をするのにくらくらの頭を絞って、俺は」

大変だったんだぞ。

風谷は、思う。

だが、

「見たままを、話せばいいじゃない」

横顔の黒羽は言う。

風谷のことを、先輩とも思っていない口調だ。

「頭、絞らなくたって」

「何言ってるんだ」

風谷は言い返す。

「君が、あんなふうにしてスホーイを制圧して追い散らしたなんて、あのまま言ったって地上の連中は信用しやしない。『ふざけるな』って言われるだけさ。俺は、こんな〈聴取〉を何度も受けた。連中は報告書を早く仕上げて、処理を終わらせたいんだ。だから向こうが納得しやすいような、経過を考えて説明したさ」

「――――」

「急旋回を続けるスホーイに、俺と君とで代わる代わる接近して、可能な方が横に並んで警告射撃を実施した」

少しむきになって、風谷は説明した。

「そのうちに、燃料がビンゴになったか、スホーイは逃走した」

「そう」

猫のような目の横顔は、クスリと笑った。

何だ、笑ったのか、こいつ……!?

むっとすると、

「ごめん」

鏡黒羽は、なぜかすぐ謝った。切れ長の目で、ちらと風谷の顔を見た。

「似てたから、思わず笑っちゃった。ごめん」

「え……?」

「あなたの装具」

「え」

「あなたの装具とヘルメット、片づけといたから。後で点検しといて」

猫のような女性パイロットは、ぱんぱん、と手をはたく。

「それだけ」

東京　赤坂　衆議院議員会館

同時刻。

「何をほざいているかっ」

〈衆議院議員・丸肌岩男《いわお》事務所〉とプレートの出た一室の中、東京の夜景を見下ろす窓辺で赤ら顔の大柄な男が電話に怒鳴っている。

汗をかく体質なのか、着ているワイシャツを半分くらい透明にした大柄な男は、ピンク色の頰からも光るものを滴らせ、電話の相手を叱《しか》りつけた。

「制服が、こともあろうに防衛副大臣に意見をするかっ。立場をわきまえろっ」

だが、

『ですが、副大臣』

電話の向こうの相手は、辛抱強い声音で繰り返す。

『副大臣が、昨日、航空自衛隊の指揮系統を無視され、総隊司令部を飛び越して特定の部隊にいきなり〈命令〉をされたという事実は――』

「何の文句があるっ」

『ございます』

「言ってみろっ、統幕議長」

外交安全委員会を終え、事務所へ戻って来た衆議院議員の丸肌岩男に電話が入ったのは、尖閣での〈事件〉に関する〈緊急報告書〉が府中の総隊司令部でまとめられ、市ヶ谷の防衛省本省へ届けられた、その十分後のことであった。

電話をかけたのは、統幕議長である。陸・海・空全自衛隊を統括する制服組のトップだ。

『副大臣。空幕の全部隊に命令を行なう権限は、航空総隊にあります。航空総隊は、防衛省の統合幕僚会議の指揮下にあります』

〈緊急報告書〉には、その昼間に起きた〈事件〉の概要と経過、総隊司令部の取った判断と処置、那覇基地から出動したスクランブル編隊の行動についての報告も記載されていた。所見として、空自の本来の指揮系統以外からの〈命令〉により、警戒航空隊所属の早期警戒管制機がなぜか全機、前夜に浜松基地へ帰投させられており、このことが〈対領空侵犯措置〉の遂行に重大な支障を及ぼした、と結ばれていた。

『いかに防衛副大臣でも、命令系統を無視し、現場の一部隊に強要して動かすことは、規定に違反――』

「ええい、うるさいっ」

丸肌岩男は、最後まで言わせずに怒鳴り返した。

「シビリアン・コントロールだ。シビリアン・コントロールだから、いいんだ馬鹿野郎っ」

『しかし』

「いいか統幕議長。良く聞け。今日は淵上先生の大訪中団が、北京へ行かれる日だぞ。そういう大事な日に、訪問先の家の庭先を覗き見するような真似が出来るかっ。許されるか。そんなことは礼儀にもとる。訪問先に失礼だろう、違うか、ええっ？」

『ふ、副大臣』

「うるさい黙れ。お前たち制服組は、常識や礼儀というものをまるで知らん！」反省しろ馬鹿野郎っ、と怒鳴りつけて赤ら顔の副大臣は受話器を叩きつけて切った。

ガチャン

「はぁ、はぁ」

「どうされました先生」

事務所のパーテションのドアを開けて、若い秘書が顔を出した。

また始まったか、という表情で、盆に載せた湯呑みを執務机に置いた。

「本省の方から、また何か？」

「何もくそもないっ」

丸肌岩男は息を切らせ、がしゃんっ、と椅子に腰をおとすと秘書の運んで来た茶をがぶりと呑んだ。

「ったく、自衛隊の制服組のやつらは、国際感覚も常識も、礼儀というものも何も知らん！　間違っとる。われわれ主権在民党が、これからこってりと厳しく教育してやらなくてはな」

「は、はぁ」

「ええい、不愉快だ。まったく」

丸肌は、机上にあった紅い龍の絵のついたマッチを、手のひらでもてあそんだ。ワイシャツの胸ポケットから外国煙草を取り出すと、一本くわえてマッチを擦った。

「おい寺田、呑みに行くぞ、呑みに。いつもの店だ、車を回せ」

「先生、明日も朝から委員会ですが――」

「構うか、そんなの」

赤ら顔の国会議員は、怒鳴りつけた。

「俺は、むしゃくしゃしているんだ。車を回せっ」

汐留　D通本社制作スタジオ

「はいそれでは、次のテイクは十五分後です」

ＣＭの撮影スタジオ。

技術のスタッフたちが、慌ただしく動き出す。シナリオが半分進行したところで、照明のセッティングを変えることになったのだ。

撮影は十五分の休憩になった。

アシスタント・ディレクターが「休憩してください」と告げ、出演者は控えの椅子へ戻っていく。バックで踊っていたダンサーたちは、いったん楽屋へ引き揚げる。

「メイク、直します」

秋月玲於奈がスタジオの隅の自分のディレクターズ・チェアへ戻ると、すぐにメイクの女性が段々になった道具箱を開いて、横から顔の猫メイクを修正し始めた。

強い照明で、少し汗をかいた。

「あ、ごめん」

玲於奈は、猫耳のついた頭を振って、メイク係に「待って」と言った。

「先に、お手洗い行かせて。ごめん」

スタジオの時計は、すでにすっかり夜だ。

椅子の下のバッグを取った。

帰ってるだろうな、無事なら——

そう思って立ち上がると、玲於奈は携帯の入ったバッグを手に、小走りに通路へ出た。

（……お姉ちゃんが、無事でないわけないけど）

那覇基地　独身幹部宿舎　個室

激しい水音がしていた。

鏡黒羽は、裸身に叩きつけるように湯を浴びていた。湯気の中、頭に水流を叩きつけるようにして、立ったまましばらくじっとしていた。

「――――」

キュッ
シャワーの水栓を止めると、タオルを取り、乱暴に頭に被ってごしごしと擦った。

那覇の独身幹部宿舎の女子棟は、入居者が少ない。バスルームから寝室へ出ても、隣の部屋からの物音は聞こえない。

飛行機も飛ばない時刻になると、静かだ。

「…………」

寝室の壁に、三等空尉の制服と、クリーニングから戻ってきたオリーブグリーンの飛行服がハンガーで吊してある。

裸のまま、黒羽は壁に吊した飛行服を見上げた。左胸に縫いつけた『K　KAGAMI』というネームと、ウイングマーク。手を伸ばし、飛行服のジッパーの胸ポケットに指を入れて、何かをつまみ出した。

鎖のついた、くすんだ金色のロケット。

さっきバスルームへ入る時、濡れるといけないので胸から外し、いつものようにそこへ突っ込んでおいた。

カチリ

黒羽は、金属製のロケットを爪で開くと、ライティング・デスクの上に置いた。

中に現われた小さな写真に、立ったままで手を合わせた。

「…………」

きつい猫のような切れ長の目を、閉じた。

「……わたしは」

唇が開いて、つぶやきかけた時。

ブルルルッ

ベッドの上に放り出したままの、携帯が振動した。

『お姉ちゃん』

自分の番号を知っていて、たまに電話をかけて来る人間は、妹くらいしかいない。

黒羽の双子の妹。本名は露羽だ。

『お姉ちゃん、大丈夫？』

電話の向こうの妹の声。昼間も話をした。東京だろう。

「――平気だよ」

黒羽は、息をつく。

「夕方前、任務から戻った」

『ニュース見たよ。沖縄、何か凄いことになってるね』

「あんまり言えない。国防機密」

『国防……』

妹は、姉の口からもの凄くそぐわない言葉を聞いた、というふうに一瞬絶句した。

黒羽は、薄く笑った。

そうだろうな――

「そっちこそ、大丈夫。露羽」

『え』

「部屋は」

『あ、あぁ、事務所が、ホテルを取ってくれて。マンションには当分、帰らないでいいようにしてくれた』

「そう」

『ありがとう、昼間』

女優をしている妹は、礼を言った。

『来週から、ドラマの撮影が始まるし。ロケで東京、しばらく離れることになるらしいし』

「そう」

ドラマ、か……。

『ねぇ、お姉ちゃん』

「ん」

『お姉ちゃん、あたし――』妹は少し声をおとして、訊いて来た。『あたし、このままずっと秋月玲於奈、やっててていいの？』

また、そのことか……。

「いいよ」黒羽はうなずく。「ずっとやってな」

『でも』

電話の向こうで、妹はいったん息を継いで、周囲を見回すような気配をさせる。撮影の合間に、化粧室かどこかに入って、携帯を使っているのか。

声を低めて妹は続ける。

『でも秋月玲於奈、本当はお姉ちゃんじゃない』

「…………」

『お姉ちゃん、高二でデビューして、天才とか言われて。人気出て凄く仕事、順調だったのに――突然全部、あたしに押しつけて、そっちへ行っちゃって』

「…………」

『あたし、身代わり頼まれて、秋月玲於奈の評判おとさないようにって、一生懸命やっているけど――あたしはお姉ちゃんじゃないし。この間の女刑事の役なんて、お姉ちゃんが演《ゃ》ったらどんなに凄かったろうって、そう思うし……。お姉ちゃんが帰って来た時、すぐ代われるようにって頑張っているけど』

「…………」

『どうしてまだ、そっちにいるの』

「ん」

『お姉ちゃんには悪いけど、もう、あの人――この世にいないのに。省吾《しょうご》さん、とっくに死んじゃったのに、どうしてお姉ちゃんはまだそっちにいるの？　帰って来てよ。あたし正直言って、お姉ちゃんの身代わりは荷が重いよ』

妹は訴えた。

「……露羽」

受話器を耳につけたまま、黒羽は切れ長の目を閉じて、開けた。

そうか――

「ごめん、露羽。考えてなかった。辛《つら》かったら、女優はいつでもやめていい」

『お姉ちゃん』

「最初は、すぐ戻るつもりだったんだ……。でもわたしはもう、そっちには帰らないと思う。この仕事は、もうわたしの仕事なんだ。誰かの代わりにしているんじゃない。誰かの代わりに飛んでいるのでも、ない」

『――』

「だから」

絶句する妹に、黒羽は頭を下げた。

「だから、秋月玲於奈は、いつ居なくなってもいいよ。すまなかった」

電話を置くと、部屋は、しんとしている。

鏡黒羽は裸のままで居たことに気づいて、タオルを身に巻きつけた。

「…………」

ライティング・デスクに歩み寄って、開いたままのロケットを見下ろした。

きつい目を閉じて、唇を噛んだ。

「……わたしは」

頭を振り、黒羽は心の中でつぶやいた。

わたしは、死なないわ。

那覇基地　独身幹部宿舎　男子棟

「──風谷め」

個室のライティング・デスクで読書灯を点け、渡されたばかりの報告書のコピーをめくりながら、火浦暁一郎はつぶやいた。

「肝心なことは、何も書いてないじゃないか」

南西航空混成団の防衛部が、スクランブルの編隊長として任務から帰還した風谷三尉を聴取し、急いで取りまとめた報告書だ。府中の総隊司令部へも、同じものが送信されたらしい。

出動した編隊を統括する飛行隊長として、火浦にもコピーの閲覧が許可されたのだった。

「『急旋回するスホーイ27に対し、一番機と二番機で代わる代わる接近、可能な方が機関砲で規定通りの警告射撃を行ない』――って、どうやって押さえつけて、横に並んだんだよ」

昼間の〈事件〉のさなか。

火浦が詰めていた那覇基地地下の要撃管制室では、宮古島のリモート・ステーションを介して、ブロッケン編隊の司令部周波数の音声が聞こえていた。

一番機の風谷が『観測船が撃たれている』と報告し、CCPに対して必死に〈撃墜許可〉を求める声が、届いていたのだ。

横に並ぶなんてとても無理だ、と訴えていた。

（――――）

火浦にも、情況は何となく想像出来た。そのような場面で〈規定〉通りに警告射撃を行なうなど、不可能だったはずだ。普通なら――

普通なら、か……。

「――――」

ふん、と火浦は息をついた。

「ま、いいか」

整備隊からの日報では、二番機の機関砲弾だけが一〇八発減っており補充した、とある。

確かなことは……。

「確かなことは、あのまま放っておけば、風谷は、測量船を救おうとして中国機を撃墜してしまっただろう。それで人命は救えても――」火浦は考えた。多分、人命は救えても、あちこちからその〈現場の判断〉について問題視され、マスコミなどに非難されて、飛行隊ではとてもかばい切れず、風谷はイーグルを降りなくてはならなくなったかも知れない。

自衛隊をやめなくてはならなくなったかも……。

（――――）

火浦は、サングラスを外した目を上げた。

暗い窓の向こうに、幹部宿舎の女子棟が見えている。

その二階に、ぽつんと灯《ひ》が一つ。

鏡――

思わず心の中で、その灯に礼を言っていた。

(鏡……。よく風俗を助けてくれた)

東京　汐留　D通本社　四階化粧室

もう休憩が終わる。

「いけない、時間」

秋月玲於奈は、化粧室の鏡の前で、姉との通話を終えた携帯をたたむと、スタジオへ戻ろうとした。

姉の黒羽は『もう戻って来ない』とは言ったけれど……。

バッグに携帯を入れながら、鏡を見て、猫メイクの目の具合を玲於奈は確かめた。

身代わりでも引き受けた以上、仕事はしなくては――

カサッ

(……!?)

だが、その時。

変なものに指が触った。

携帯をバッグに差し入れた手の先が、何かに触れた。角の尖った、薄いもの——

眉をひそめた。

指に触れたもの。何だろう……？

自分がバッグに入れた覚えのない何かが、携帯をしまおうとした時、指先に触れたのだ。

（…………）

嫌な予感を覚えながら、バッグをもう一度化粧台に置き、玲於奈は右手の親指と人差し指でゆっくりとそれをつまみ出した。

文字が目に入った。

〈ＩＮＶＩＴＡＴＩＯＮ〉

「きゃっ」

つまみ出した白い封筒を、思わず洗面台へ放り出した。

ぺらっ

白い大判の封筒は、ひらひらとベイスンにおちた。昼間にマンションの部屋で、縫いぐるみが両手で差し出していたものと、同じだ。

封筒の面の文字も……。

〈ＩＮＶＩＴＡＴＩＯＮ〉

「い、いったい……」

玲於奈は、自分のほかに誰もいない鏡張りの化粧室を、肩で息をしながら見回した。

いったい、誰が、いつ。

こんなものを、自分のバッグに入れたのだ……!?

〈スクランブル〉

『尖閣の守護天使』　了

＊　ＣＯＭＩＮＧ　ＳＯＯＮ　＊

この作品は徳間文庫のために書下されました。
なお、本作品はフィクションであり、実在の
個人・団体などとは一切関係がありません。

徳間文庫をお楽しみいただけましたでしょうか。どうぞご意見・ご感想をお寄せ下さい。
宛先は、〒105－8055　東京都港区芝大門2－2－1　㈱徳間書店「文庫読者係」です。

徳間文庫

スクランブル
尖《せん》閣《かく》の守《しゅ》護《ご》天《てん》使《し》

2010年11月15日 初刷

著者 夏《なつ》見《み》正《まさ》隆《たか》
発行者 岩渕徹
発行所 株式会社徳間書店
東京都港区芝大門二—二—二〒105—8055
電話 編集〇三(五四〇三)四三五〇
販売〇四八(四五一)五九六〇
振替 〇〇一四〇—〇—四四三九二
印刷 製本 株式会社廣済堂

ISBN978-4-19-893265-7 (乱丁、落丁本はお取りかえいたします)

徳間文庫の好評既刊

黒崎視音

警視庁心理捜査官

KEEP OUT

警視庁の「心理応用特別捜査官」だった吉村爽子《さわこ》。世を震撼させた連続猟奇殺人事件を見事に解決したが、現場主義の組織と幾多の軋轢《あつれき》を生んだ。結果、爽子は強行犯係主任として所轄《ショカツ》署に異動となった。さらにアクの強い刑事たちとの地道な捜査活動の日々。だが、爽子の心理捜査官としての眼は、平凡に見える事件の思わぬ真相を決して見逃さなかった。